내 몸이 사라졌다
J'AI PERDU MON CORPS

알마 인코그니타 Alma Incognita
알마 인코그니타는 문학을 매개로,
미지의 세계를 향해 특별한 모험을 떠납니다.

J'AI PERDU MON CORPS
by Guillaume Laurant

내 몸이 사라졌다
J'AI PERDU MON CORPS

기욤 로랑
Guillaume Laurant

김도연 옮김

상드린에게

"일어나지 않을 법한 일에도 언제나 가능성을 열어두어야 한다."

오스카 와일드

일러두기

- 본문 하단의 주는 옮긴이 주다.

그는 모로코의 수도 라바트에서 태어났다. 나우펠이라는 버젓한 이름이 있는데도 사람들은 그를 늘 나프나프라고 불렀다.

그의 부모는 아들이 열두 살이 될 때까지 프랑스어라는 바이러스에 감염되게끔 온갖 노력을 기울였다. 아들이 네 살 되던 해에는 그를 재우면서 플로베르의 《감정 교육》을 읽어주었다. 그로부터 1년이 지나자 나프나프는 프랑스어의 의미, 언어학적 특성, 문법과 문장 구성이 얼마나 미묘한지 깨우치기 시작했다. 양산이 배꼽의 여성형[★1]이 아니라는 것과, '치즈 위 구더기'나 '대머리 위 이' 같은 말은 금상첨화라는 뜻의 '케이크 위 체리'처럼 다른 속뜻이 없다는 사실을 알아챘다. 프랑스어는 그의 첫 장난감이었으며, 그는 25년간 이 장난감을 완벽히 깨부수기 위해 온 힘을 기울였다.

★1 프랑스어의 양산ombrelle과 배꼽nombril은 철자가 비슷하다.

나우펠의 부모는 모두 라바트대학교의 프랑스 고전문학 교수였다. 그가 열한 살이 되었을 때, 민주주의에 대한 열망으로 가득 찼던 부모는 이민을 결정했고 프랑스의 푸아티에에서 살기로 결심했다. 왜 푸아티에였을까? 안개에 대한 두려움 때문이었을까? 아니면 역사적 전통을 존중해서? 알다가도 모를 일이다.

나프나프는 접속법 반과거 시제를 입에 한가득 물고, 놀이터보다는 프랑스 왕들의 궁중 생활에 더 친숙한 상태로 새로운 조국에 도착했다. 우체부 슈발★1, 병사 카망베르★2, 관객 람다★3, 쾌활한 타르타랭★4, 롱스보의 롤랑★5은 오래전부터 그가 선택한 가족의 일원이었다. 초등학교 5학년으로 전학하던 날, 그는 반 친구들에게 '미친 한 것', '호로자식', '현학적인 놈', '기둥서방' 같은 욕을 내뱉었는데, 그런 단어들을 사용했다는 이유로 조롱거리가 되었다. 그는 아이들의 놀림에 눈물을 흘렸고 너무 화가 난 나머지 침묵하기로 결심했다. 학교 시스템에 속해 있는 한, 시스템에 맞추기 위해서든 맞서 싸우기 위해서든 스스로 무장해야만 했다. 무기 하나 없이 맨손으로는 모든 걸 납작하게 으스러뜨리는 압연 공장에서 탈출할 기회조차 얻

★1 우체부였던 슈발은 19세기 프랑스 남부 오트리브 마을에 홀로 돌을 쌓아 궁전을 지었다.
★2 애니메이션의 캐릭터.
★3 Lambda. 평범한 사람을 뜻한다.
★4 알퐁스 도데의 소설 주인공.
★5 롱스보전투에서 활약한 기사 롤랑의 최후를 담은 작품《롤랑의 노래》의 주인공이다.

지 못할 게 분명했다.

지하 감옥과도 같은 프랑스 교육 시스템에는 진로를 조사하는 과정이 포함돼 있었다. 설문지에 '희망 직업'을 적으라는 문항이 있었는데, 나프나프는 '파라오의 수호자', '수난을 겪는 브랜디 제조자', '빙빙 돌며 춤추는 탁발승'같이 남다른 수사를 사용해 장래희망을 써냈다. 누군가가 그에게 나우펠Naoufel의 철자가 어떻게 되느냐고 물으면, 언제나 괴사Nécrose의 N, 관절염Arthrit의 A, 다래끼Orgelet의 O, 두드러기Urticaire의 U, 누공Fistule의 F, 습진Eczéma의 E, 나병Lépre의 L이라고 대답하곤 했다. 하지만 자신의 프랑스어 능력과는 무관하게 그는 점차 열등하고 무기력하고 외로운 사람이 되었다.

친절한 이웃 아주머니가 나프나프에게 세계대전 시절에 사용하던 탐험가용 키트를 주었다. 키트 안에는 나침반, 쌍안경, 구급상자, 식민지 시대의 헬멧, 관찰 내용을 기록할 수 있는 인조 악어가죽 수첩이 들어 있었다. 완벽했다. 나우펠은 매일같이 학교가 끝나자마자 키트를 들고 집 근처 공터를 탐험했다. 쌍안경으로 보는 길고양이는 호랑이였고, 고라니는 보아뱀이었다. 안경을 뒤집으면 원하지 않는 것들로부터 멀리 떨어질 수 있었고 공터는 정글이 되었다. 그는 생각나는 것들을 그때그때 수첩에 적었다. "바다 새우가 새우에 속하는 건 무늬말벌이 말벌에 속하는 것과 같다", "민달팽이는 껍질

없는 달팽이다", "딱정벌레는 날아다니는 작은 점박이 거북이다"와 같은 것이었다. 때로는 논리적인 과학적 관찰 결과를 시적인 언어들로 바꾸어 쓰기도 했다. "오, 그대, 검은 등과 하얀 배를 지닌 그대, 제비여, 그대는 입가에 미소를 머금고 환희에 차 하늘을 선회하는 돌고래의 화신이로다. 바다짐승이 지나가는 배들을 만나러 오듯 그대는 거리를 스치는 이들을 만나러 오네."

푸아티에에 머무른 지 2년이 되었을 때, 나우펠의 부모가 자동차 사고로 사망했다. 나우펠을 가엽게 여긴 친절한 이웃이 그를 집으로 데려가서 학년을 마칠 때까지 돌봐주었다.

부모의 죽음 이후, 나프나프는 한동안 아무것도 삼킬 수 없었다. 이웃 아주머니는 죽고 나면 지금처럼 아무것도 먹을 수 없을 거라고 했다. 일리가 있었다. 나우펠은 인조 악어가죽 수첩에 '아무것도'는 죽은 자들의 음식이라고 썼다. 그는 죽은 자들의 음식을 먹고 싶지 않아서 그날부터 다시 음식을 먹기 시작했으나, 키는 더 이상 자라지 않고 성장이 멈춰버렸다. 그렇게 그는 어른의 성숙함을 지닌 채 열두 살 아이의 몸에 갇힌 난쟁이 나프나프가 되었다.

나우펠은 부모에 대한 기억이 거의 없었다. 떠오르는 기억이라고는 오래된 자주색 DS 자동차를 자랑스럽게 운전하던 아버지의 모습뿐이었다. 어머니는 아버지가 운전대에서 손을 떼기만 하면 겁을 잔뜩 집어먹었다. 그러고는 도로를 뚫어지게 바라보면서 담배에 불을 붙여 아버지에게 건네주었다. 더듬더듬 어림짐작으로 담배를 건네다 보면 두 번 중 한 번은 아버지에게 담뱃불이 닿는 일이 벌어졌다. 그러면 아버지는 깜짝 놀라서 마치 어머니의 걱정이 기우가 아니었음을 증명이라도 하듯 운전대를 급하게 옆으로 틀곤 했다. 사고 당일도 똑같은 일이 벌어졌다. 그리고 결국 계곡으로 추락했다.

세 명이 모두 나온 가족사진은 한 장뿐이었다. 사진에서 나우펠의 부모는 외출복을 입고 심각한 표정을 지은 채 각기 다른 방향을 멀리 바라보고, 나우펠은 부모의 손을 잡고 있었다. 그가 입고 있는 스웨터는 왠지 슬픔으로 직조한 옷 같았고, 표정은 산타클로스가 존재하지 않는다는 얘기를 들은 어린아이 같았다. 이 우울한 사진을 찍은 사람은 어머니의 동생인 사미르 삼촌이었다.

사미르 삼촌은 가족 중에 유일한 '무신론자'였다. 그가 나우펠을 포르트드뱅센 근처에 있는 자신의 집으로 데려가기로 했다. 삼촌 집으로 간 날, 나프나프는 사촌 압데라우프와 셰에라자드를 처음 만났다. 그는 사촌 여동생의 미모에 숨이 멎을 것 같았다. 셰에라자드는 나프나프에 대한 자신의 힘을 깨닫고는 바로 이를 휘두르기 시작했다. 프랑스 수도로 향하는 고속 열차에서 두 사촌은 음속 장벽이 독일 국경과 맞닿아 있고, 프랑스의 구름은 생로랑데조에서 만들어지기 때문에(그들 눈에는 원자력 발전소의 냉각용 굴뚝에서 나오는 거대한 구름이 보였다) 제트기가 음속 장벽을 넘을 수 없다고 말했다. 나프나프는 그 말에 속아 넘어갔다. 사촌들의 말이 의심스럽기는 했지만, 호박색의 깊은 눈동자를 지닌 사촌 여동생 앞에서 나우펠의 판단력은 흐려졌다.

이집트 여왕 같은 얼굴에 곧게 뻗은 다리를 지닌 셰에라자드는 한마디로 완벽했다. 반면 그녀의 사촌인 나우펠은 전혀 그렇지 않았다. 나우펠은 그녀를 톰슨가젤이나 네페르티티 여왕과 비교하며 찬사를 늘어놓았다.

나우펠은 그녀가 마음을 아프게 할수록 그녀에게 더 많이 매달렸다. 그들의 관계는 이 상태를 결코 벗어나지 못했고 오히려 심해지기만 했다. 나우펠이 말을 더듬고 매사에 자신감을 잃기 시작한 것은 이 무렵이었다.

라우프라고 불리는 압데라우프는 동네 아이들의 대장이었다. 그는 항상 양말에 주머니칼을 넣고 다니다가 지렁이를 보면 쓱쓱 자르곤 했다. 나우펠은 사촌 여동생이 자신을 매몰차게 대하고 쫓아내면, 라우프를 만나러 공터로 갔다. 공터에는 지렁이가 많았는데, 라우프는 카세트 플레이어로 체이카 리미티나 셰브 카데르의 노래를 들으며 습관처럼 지렁이를 잘랐다. 그에게는 민달팽이도 평화로운 시골을 상징하지 않았다. 그는 달팽이가 터지는 재미에 맛 들여서 커다란 달팽이들을 골라 폭죽 심지에 둘둘 말곤 했다. 무엇보다 그를 가장 흥분시키는 건 살아 있는 생물이 불에 타 죽는 모습이었다. 개미, 딱정벌레, 장수풍뎅이, 말똥가리, 개구리 할 것 없이 인화성 접착제나 독주 스프레이 혹은 불붙는 래커 폭탄을 벗어날 수 없었다.

또한 제일 좋아하는 게임 중 하나는 천에 휘발유를 적셔 심지처럼 살짝 튀어나오게 해서 우체통에 꽂아 불을 붙이는 것이었다. 때로

두 사촌은 우체부가 우체통이 타고 남은 재를 치우는 것을 지켜보려고 몰래 숨어 있기도 했다.

나우펠은 인조 악어가죽 수첩에 사미르 삼촌을 부스럼 사미라고 적었다. 삼촌의 얼굴에는 화농성 여드름이 잔뜩 나 있었는데, 매일 입에 달고 사는 위스키, 럭키스트라이크 담배, 더블치즈버거가 원인인 것 같았다. 부스럼 사미는 술고래였다. 기분이 내킬 때만 택시 운전사로 일하는 삼촌은 택시 승차장에서 대기할 때마다 잠이 들기 일쑤였고, 적색 신호등을 무시하고 마음껏 속도를 올리곤 했다. 어느 날 그는 쇼세당탱 지하철 계단을 라파예트 백화점의 주차장 입구 경사로로 착각했다. 택시에 타고 있던 일본 손님은 대시보드에 부딪혀 열한 개의 치아가 깨졌다.

부스럼 사미는 플뢰리메로지 교도소에서 3개월을 보냈고, 출소 후에는 사회복지사의 주선으로 약물 치료 센터에서 지냈다. 알코올 중독에서 벗어난 그는 은밀히 활동하는 아야툴라★[1]가 되었다. 그는 수염을 기른 극단주의자이자 극빈자 생활 보호 대상 수급자, 이맘★[2]의 수습생이 되어 이슬람 문화 센터로 바뀐 심카★[3]의 옛 자동

★1 시아파 회교 지도자.
★2 회교 집단 지도자.
★3 프랑스 자동차 제조사.

차 공장에 다니기 시작했다. 그때부터 사탄은 부스럼 사미의 원수가 되었다. 위스키, 럭키스트라이크 담배, 더블치즈버거는 셰에라자드의 미니스커트와 마찬가지로 사탄의 물건으로 규정되었다. 한마디로, 이제 그의 생각과 조금이라도 다른 사람은 악마의 지배를 받고 있다는 뜻이었다. 그는 회오리치듯 급진적인 신앙의 길로 떠났고, 그가 잡아탄 날아다니는 양탄자는 통곡의 벽으로 넘어갔다.

탈레반으로 변신한 부스럼 사미는 아들과 조카를 《코란》의 교훈에 따라 교육하기 시작했다. 그리고 처녀가 아니라고 판명된 딸을 되도록 빨리 결혼시키려 애썼다. 모든 권위에 무조건 반항하게 된 라우프는 패거리를 데리고 아버지의 집을 떠나, 케코스라고 불리는 그리스 마약상 레오스 파나키스에게 갔다.

나프나프는 보호자 말에 고분고분하게 복종하며 지낸 덕분에 예쁜 사촌 동생의 샤프롱★[1]이 되었다. 삼촌이 요청하면, 나프나프는 사촌 동생이 집 밖에서 무슨 일을 했는지 거짓으로 꾸며서 보고했다. 셰에라자드가 그의 눈앞에서 문을 쾅 닫아버린 지저분한 판잣집들은 미술관이나 숲에서의 소풍 혹은 강변 산책 등으로 바뀌었다. 집으로 돌아오는 길에 그녀가 면도하지 않은 남자의 뺨에 쓸려 자국

★1 Chaperon, '감시자'라는 뜻이다.

이 남은 얼굴을 파운데이션으로 감추는 동안, 나프나프는 그녀의 공범이 된 대가로 조금이나마 인정받으려고 노력했다. "셰에라자드, 너와 함께 있어서 좋아." 나프나프가 그녀에게 속삭였다. 셰에라자드가 말했다. "이 일로 내가 곤란해지면 넌 좋겠니?"

나프나프는 한마디도 불평하지 않았다. 오로지 그녀의 모든 변덕에 순종했고, 모든 거짓말에도 넘어갔으며, 바보처럼 행동했다. 어느 날, 그는 사촌 여동생이 좋아하는 남성미에 대한 기준을 맞추기 위해 더 남자답게 보이려면 비둘기 똥을 윗입술에 바르라는 그녀의 조언을 따랐다. 그녀는 그것이 털을 자라게 하는 민간요법이라고 했다.

부모님이 돌아가신 후, 나우펠은 여전히 발육이 부진하고 수염도 없는 숫총각 신세였다. 반면, 사촌인 압데라우프는 정글에 사는 고릴라처럼 보였다. 라우프는 우체통에 불을 지르는 걸로 더 이상 만족할 수 없었다. 레고나 주머니칼은 버리고, 카라슈니코프 자동소총 매장에 갈 때가 되었다. 하지만 어깨가 넓어진 것과는 달리 상상력은 더 빈약해졌다. 나프나프는 그 반대였다. 여자 경험이 없었던 그는 사촌의 친구들에게 강한 인상을 남기기 위해 허풍을 떨었고, 치명적인 매력을 지닌 나쁜 소년들의 성전에 입성하길 꿈꾸었다.

또한 그들이 원하는 소녀가 나타나면 유혹하는 재능을 발휘하여 그들을 놀라게 하려고 애썼다. '자식들, 두고 보라지! 내겐 성적 매력으로 충만한 폭탄이 있다고. 언제라도 터트릴 수 있어!' 그는 사냥감을 향해 질주하기 전에 이렇게 되뇌곤 했다. 하지만 소녀의 시선이 자기에게 닿기만 하면 마음이 흔들려 저도 모르게 진부한 표현만 입 밖으로 튀어나왔다.

"아가씨, 당신이 이 아름다운 눈동자의 주인인가요?"

"중국 식당의 국그릇 안에도 당신 눈동자가 들어 있네요."

그에게는 다른 필살기도 있었는데, 그것은 존재하지 않는 길을 찾는 척하는 거였다.

"크리스티노 거리요?"

"아뇨……. 사실 그곳은 당신만 아는 거리랍니다. 당신 마음의 거리죠."

"별 허튼수작을 다 보겠네. 딴 데 가서 알아봐요. 거긴 꽉 막혔으니까."

라우프와 친구들은 바보가 아니었다. 그들은 나프나프가 셰에라자드에게 반했다는 것을 알았고, 그로 인해 나프나프가 그녀에게 멸시받는 모습을 대놓고 즐겼다. 그래도 나프나프가 자신들의 무리와 어울리는 건 용납했다. 그들 패거리에는 난쟁이 광대 자리가 비어 있었기 때문이었다.

어느 청량한 저녁, 나우펠은 그 기회를 한 방에 날려버렸다. 라우프는 그에게 자기네 갱단 무리에 들어올 때가 되었다고 말했다. 충성에 대한 증표로 그들이 요구한 것은 '돌림방'[★1]을 성사시키는 것

★1 프랑스어 돌림방 'tournante'은 윤간과 탁구 복식 경기라는 두 가지 뜻이 있다.

이었다. 나프나프는 저녁 시간이나 일요일에 학교 체육관에서 하자고 제안했다. 체육관 열쇠를 훔치는 데 성공한 그는 다음 주 일요일에는 모든 게 완벽히 준비될 것이라고 자랑스레 말했다.

약속한 날이 되어 그는 전봇대가 있어서 쉽게 넘을 수 있는 체육관 담벼락 구석에서 패거리를 맞이했다. 패거리들의 눈이 이상한 흥분감으로 번뜩였다. 그들은 함께 술을 마셨다.

"어딨어?"

"준비는 다 됐어."

라우프의 시선이 새 탁구채 네 개와 탁구공이 놓여 있는 중앙의 탁구대를 지나 체육관 전체를 이리저리 훑었다. 나우펠은 그제야 그의 말을 잘못 이해했다는 것을 깨달았다.

"여자애 어딨냐니까?"

제일 먼저 상황 파악을 한 사람은 라우프였다. 멍청한 나프나프와 친척이라는 사실이 부끄러웠던 그는 양동이와 삽과 플라스틱 갈퀴를 들고 놀이터 모래밭에 가서 새 친구나 사귀라며 일갈했다. 다른 패거리들은 눈물을 흘리며 웃어댔다. 라우프의 태도가 갑자기 돌변했다. 그는 사촌의 멱살을 잡고 지렁이를 자르던 낡은 주머니칼을 나우펠의 눈 바로 옆에 내리꽂았다. 메시지는 단순했다. 체육관으로 여자를 데리고 오지 않으면 즉시 애꾸눈 고아로 만들어버리겠다는 협박이었다.

나프나프는 두려움에 떨며 경기장 담장 위로 올라갔다. 그러고는 자신의 실수를 만회하려고 동네를 돌아다녔다. 마침내 혼자 있는 소녀를 발견했다. 하지만 그는 못 본 척하고 바로 돌아섰다. 그러던 와중에 IVG 75라는 번호판이 붙은 클리오 자동차에서 젊은 임산부가 내리는 것을 보았다. 하지만 임산부에게 그런 짓을 할 수는 없는 노릇이었다. 그 후에는 통통 튀는 갈색 머리의 예쁜 여자가 길을 물어보려고 다가왔다. 나우펠은 아무런 시도도 하지 않고 그녀에게 길을 알려주고는 그대로 떠나보냈다.

기다리다 지친 라우프와 불량배들이 나우펠을 찾아 나섰다. 그러고는 그가 부스럼 사미의 집으로 도망가기 직전에 붙잡아 한마디도 섞지 않고 그를 쓰레기통에 처넣었다. 운수 사납게도 쓰레기통 안에는 누군가가 방금 버리고 간 반쯤 썩은 양고기가 있었다. 나우펠은 2주 동안 모노이 보디 워시로 몸을 씻고 몽생미셸 향수를 뿌렸다. 하지만 그런 노력도 헛되어서 하이에나의 똥과 같은 냄새는 오래도록 몸에서 가시지 않았다.

어느 일요일, 토고에서 온 이웃 여자가 시장에 같이 가자고 셰에라자드를 데리러 왔다. 두 시간 후, 셰에라자드가 매우 흥분해서는 돌아왔다. 이웃 여자한테 아미나타라는 열네 살짜리 딸이 있는데, 그 딸이 라우프 무리와 탁구를 친다며 대학교 체육관에 갔다는 것이다. 셰에라자드는 그 말을 이상하게 생각하고 매우 의심하는 눈치였다. 나프나프는 무슨 일인지 뻔히 짐작이 가는 터라 의심하고 자시고 할 것도 없었다. 그는 자신의 도덕성과 단호한 성격을 사촌 여동생에게 보여주기 위해 알제리 출신의 이웃 남자 목소리를 흉내 내 경찰에 신고했다. 순찰대가 아미나타를 데리고 왔다. 넋이 나간 상태이기는 했어도 무사해 보였다. 라우프 패거리들은 순찰대가 도착하자마자 쏜살같이 도망쳤고, 보복이 무서웠던 아미나타는 그들 중 누구도 모른다고 발뺌했다.

나프나프는 사촌 여동생에게 자기가 신고했다는 것은 비밀로 해달라고 부탁했다. 그녀는 개암 열매 색의 깊고 부드러운 큰 눈망울로 그를 바라보며 영원히 침묵을 지키겠노라고 맹세했다. 심지어 그녀의 얼굴에는 전에 없던 존경심을 드러내는 듯한 미소마저 떠올랐다.

체육관 사건 이후 열흘쯤 지났을 때, 아름다운 셰에라자드가 나우펠에게 산책을 가자고 제안했다. 부스럼 사미는 그들에게 한 시간을 허락해주었다. 그는 조카가 자기 딸의 보호자 역할을 할 수 있다고는 생각하지 않았다. 실은 딸을 집안에만 두고 보호하고 싶은 마음이 굴뚝 같았다. 딸에게서 발현된 뚜렷한 여성성을 인정하는 게 너무 굴욕적이어서 딸이 외출해서 눈에 안 띄면 오히려 안도감이 들곤 했다.

나우펠과 셰에라자드의 발걸음이 버려진 옛 철길을 따라 이어졌다. 그들은 제멋대로 자란 잡초들에 둘러싸여 벌레가 갉아 먹은 침목 위를 걸으며 즐거워했다. 한낮의 빛은 아름다웠고 알록달록한 낙서가 시멘트 난간을 뒤덮고 있었다. 무성한 초목 사이사이에 잡다한 쓰레기가 흩어져 있었다. 그들은 과거의 세계에서 유일하게 살아남은 자들이었다. 그러나 또 다른 생존자의 갑작스러운 등장으로 환상이 와르르 깨졌다. 나우펠도 일면식이 있는 라우프의 친구였다. 셰에라자드는 가게 창문 앞에 묶어둔 몰티즈 비숑 강아지에게 말하듯 “금방 올게”라고 말하며 소년을 따라 철길의 은신처 안으로 들어갔다. 그곳에는 심지어 문도 없었다. 셰에라자드는 나프나프가 몰래 훔쳐보려고 한 발짝 앞으로 나설 위인은 못 된다는 사실을 잘 알고 있었다. 애당초 사촌이 한 걸음 앞으로 가든, 두 걸음 뒤로 물러나든, 혹은 물구나무를 서든 전혀 신경 쓰지 않았다. 나우펠은 그곳에 우두커니 있다가 널려 있는 쓰레기 중 가장 특이한 것을 찾아보았다. 인형 다리 한 짝, 푸조 자동차 장식품, 전기 열판, 파라솔 기둥, 해체된 트랜지스터, 그리고……. 갑자기 옴짝달싹할 수가 없었다. 반항할 새도 없이 누군가가 팔로 목을 짓누르고 머리와 가슴 위로 페트병의 내용물을 쏟아부었다. 펄펄 끓는 물을 뒤집어쓴 것 같은 고통이 뒤따랐다. 물이 아니라 불덩이가 쏟아진 것만 같았다. 쐐기풀 위를 구를 때 셰에라자드가 격렬히 항의하는 소리가 들렸다. 아니, 들었다고 생각했다. 자신이 겪는 일에 그녀가 화를 냈다고 생각하니 어쩐지 마음 한구석이 따뜻해지는 기분이었다. 그녀를 사랑한 게 헛된 일만은 아니었다!

2도 화상을 입고, 쐐기풀 가시에 찔려 물집이 생긴 나우펠은 3주 동안 병원에 입원했다. 간호사들은 너나 할 것 없이 앞다투어 친절을 베풀었다. 그는 물집으로 뒤덮이고 머리카락이 타버려도 아무도 방문하지 않는 불쌍한 고아였다. 그 고아가 모든 여성, 심지어 아주 무뚝뚝한 여성에게조차 마더 테레사의 마음을 일깨웠다. 그는 간호사들이 억지로 떠안겨준 사탕과 캐러멜, 몰도바와 보스니아산 수제 과일 젤리를 어떻게 처리할지 고민이었다. 옆 병상의 환자는 이가 하나도 없어서 나눠줄 수도 없었다. 그 환자는 깨알 같은 메모가 가득한 낡은 수첩을 온종일 들여다보며 시간을 보내는, 체구가 작고 소심한 노인이었다. 보름 동안 두 사람은 억지 미소를 짓거나 잠긴 목소리로 의례적인 말만 나누었다. 어느 날 노인은 수술실에 들어갔고, 그 후로 돌아오지 않았다. 깜짝 놀란 나우펠에게 간호사는 그를 중환자실로 옮겼다고 말했다. 사흘 후에 간호사가 노인의 짐을 챙기러 왔다. 그런데 깜빡하고 협탁 위에 있던 수첩을 빠뜨렸다. 수첩에는 떨리는 손으로 쓴 인용문들이 가득했다. 노인이 수술실에 들어가기 몇 시간 전에 접어놓은 페이지에는 다음과 같은 문장이 있었다. "죽음은 길의 모퉁이다. 죽는다는 건 더 이상 보이지 않는 것일 뿐이다."(페르난두 페소아) 나우펠은 빈 침대와 텅 빈 사물함을 바라보았다. 동시에 저 멀리 사라지는 자주색 DS 자동차의 차창에 비친 '길모퉁이'를 상상했다.

머리를 밀고 입술을 하트 모양으로 오므린 나우펠은 '눈에 평온함이 가득한 조용한 고아'가 되어 집으로 돌아왔다. 현관문을 여는 순간, 부스럼 사미와 마주쳤다. 삼촌은 아무 말 없이 나우펠의 소지품이 전부 들어 있는 커다란 갈색 여행 가방을 발끝으로 밀어 그의 앞에 놓았다. 나프나프의 새로운 보금자리는 삼촌 집에서 낙타 걸음으로 5분 거리에 있는 곳인데, 건물 경비원의 아내(그녀는 나우펠이 인조 악어가죽 수첩에서 독사 하르픽이라는 별명을 붙인 부인으로, 리옹 기차역 화장실에서 입장료 받는 일을 한다)가 소개한 곳이었다. "그러면 이제 셰에라자드를 누가 지킨단 말이죠!" 나우펠이 항의했다. "개 남편이 해야지." 부스럼 사미가 가소롭다는 듯 대꾸했다. 그러면서 어떤 총인지는 말하지 않았지만 "셰에라자드의 머리에 총알을 박아 넣을 훌륭한 모슬렘 남편"이라고 덧붙였다. 나프나프는 좌절감에 휩싸였다. 그래도 아무런 내색도 하지 않고 눈썹 하나 씰룩이지 않은 채 삼촌 집을 박차고 나왔다. 어차피 다 타버려서 씰룩일 눈썹도 없었다.

나우펠은 커다란 여행 가방을 끌고 계단을 내려가면서 예쁜 사촌 여동생을 탈출시켜 함께 도망가기 위해 일단 그녀와 다시 만날 방도를 고민했다. 독사 하르픽이 자기 집 현관문을 반쯤 열고는 말 많은 미치광이 앵무새의 수다를 덮을 정도로 크게 외쳤다. "금방 나가!"

독사 하르픽과 새집으로 함께 걸어가면서 나프나프는 사촌 여동생이 앞으로 어찌 될지 슬쩍 물어보았다. 그녀의 말에 따르면, 부스럼 사미는 애초에 프랑스 국적을 지닌 젊은 처녀를 찾는 시리아나 레바논의 희귀 동물 밀매업자에게 그녀를 넘길 수도 있었다. 그녀는 자신의 지식을 과시하고 싶었는지 "너희 나라에서 이런 일들은 말이지, 다 알음알음으로 이루어져"라고 딱 잘라 말하며 설명을 덧붙였다. "프랑스에서 살고 싶어 하는 사람은 시장에 내놓을 만한 처녀 딸이 있는 게 누군지 다 알고 있어. 서로 얘기해주거든." 그녀는 일전에 자기 집 커튼 뒤에 몸을 숨긴 채 셰에라자드가 '남편'을 따라가지 않으려고 난간을 붙잡고 버티며 우는 모습을 지켜보았다. 그녀가 덧붙였다. "급진적인 변화는 위험하다니까. 일단 섹스 맛을 보면 순결은 물 건너간 거지. 안 그래?"

독사는 독을 한 방울, 두 방울 똑똑 떨어뜨리며 술트 대로 근처의 시커멓고 오래된 건물로 그를 데려갔고, 친절하지만 슬퍼 보이는 포르투갈 출신의 아파트 관리인 여자에게 인계했다. 나프나프는 관리인을 따라 삐걱삐걱하는 낡은 계단으로 7층 꼭대기까지 올라갔다. 느슨해진 철제 난간은 밟을 때마다 덜그럭거렸다. 그는 손가락에 피가 통하게 하려고 층계참마다 여행 가방을 내려놓았다가 다시 들어 올리면서 계단을 올랐다. 관리인이 꼭대기 층의 작은 방으로 안내했다. 나프나프의 새로운 주거지에는 철제 침대, 얼룩진 매트리스, 싱크대, 샤워 호스가 달린 낡은 세면대, 벽 테이블과 의자가 있었다. 관리인이 종이 상자에서 제1차 세계대전 때 물건인 가스스토브와 조리 도구 몇 개를 꺼내주었다. 나우펠은 집주인과 직접 만나 임대료 문제를 논의해야 했다. 집주인은 필리파르라는 이름의 목수로 몇 블록 떨어진 막다른 길에 목공소를 가지고 있었다.

혼자가 되고 난 후, 방을 둘러보았다. 창은 하나뿐이었다. 여닫는 간격을 조절할 수 있는 천창을 끝까지 들어 올리면 대로변의 나무들이 아름답게 펼쳐진 풍경이 보였다. 여름이 막바지로 치닫고 있었다. 여느 해와 마찬가지로 밤나무들이 제일 먼저 낙엽을 떨구기 시작했다.

여행 가방 안에는 옷가지 말고도 부모님의 유품인 양장본으로 된 위대한 프랑스 고전문학책이 스무 권 정도 들어 있었다.

월세를 낼 능력이 전혀 없었기에, 나프나프는 곧바로 집주인에게 가서 상황을 설명하고 문제를 해결해야겠다고 결심했다. 필리파르는 언뜻 봐도 볼품없는 모습이었다. 다리는 앙상했고 술을 하도 마셔서 배는 불룩 튀어나왔다. 그의 목공소는 신기하게도 동물 박제로 가득 차 있었다. 개, 고양이, 여우, 족제비, 다람쥐, 올빼미 등의 동물 박제가 톱밥과 나무 부스러기로 뒤덮인 채 창틀 선반과 작업실 이곳저곳에 잔뜩 놓여 있었다. 필리파르와 이야기를 나누는 동안, 아랍 청년이 나프나프를 경멸하는 눈초리로 힐끗힐끗 훔쳐보았다. 집주인과 이야기가 잘 풀려서 집세는 월급에서 곧바로 공제하기로 했다. 이렇게 나우펠은 목수 견습생이 되었다. 드디어 자신의 미래를 스스로 결정할 수 있도록 운명의 고삐를 꽉 쥔 것이다.

목공소에 출근한 첫날에는 일하는 내내 셰에라자드에 대한 그리움에 사로잡혔다. 나무판을 나르고 톱밥을 쓸면서도 매 순간 사무치는 연정에 마음이 울컥했다. 그는 노스탤지어 라디오 방송국에서 틀어주는 감상적인 노래를 들으며 영혼의 짝을 향한 마음의 파도에 몸을 맡겼다.

그날 저녁, 그는 사촌 여동생의 합법적인 감시자인 남편의 주소를 알아내려고 독사 하르픽을 다시 찾아갔다. 독사는 입술을 핥으며 새로운 소식들을 뱉어냈다. 나프나프는 독사의 이야기를 통해 피펫에 대해 알게 되었다. 압데라우프가 여동생에게 했던 '포주' 행위와 순결을 강요한 아버지의 통제가 맞물려, 셰에라자드는 동네에서 '피펫[★1]'이란 매력적인 별명으로 불렸다. 독사 하르픽은 나우펠에게 그가 숭배하는 피펫에 대해 사실대로 얘기해주는 게 옳다고 생각했고, 이야기를 옮기며 아주 즐거워했다. 독사에 따르면, 순결한 오럴 섹스 아가씨라고도 불리는 피펫은 나우펠을 마음대로 쥐고 흔들 수 있다며 사람들한테 자랑하고 다녔다. 어리석은 난쟁이 숫총각 나프나프는 얼른 그 자리를 벗어났다. 그는 그녀의 미소를 되찾기 위해서라면 무슨 일이든 할 준비가 되어 있었다.

★1 스포이트처럼 소량의 액체를 옮기는 유리관을 뜻하지만, 빨아들인다는 의미가 있어서 오럴 섹스를 뜻하는 속어로도 쓰인다.

“나는 지난 몇 달을 보내면서 지난 몇 달을 보냈다.” 병원 복도 모퉁이로 사라진 노인의 수첩 어딘가에 적혀 있는 페소아의 유쾌한 문장이다. 어쩌면 나우펠도 똑같은 말을 할 수 있을 것이다. 이제 그는 필리파르의 목공소와 침울한 작은 방에만 머물렀다. 집은 그에게 음울한 장소일 뿐이었다.

토요일마다 그는 건물 밑으로 내려갔고, 슈퍼마켓에 들러 일주일 동안 필요한 식료품과 생필품을 샀다. 일요일에는 조금 멀리 떨어진 빨래방에 갔다.

시간이 흐르면서 나프나프는 필리파르를 좋아하게 되었다. 감정 기복이 심한 사람이긴 해도, 기분이 좋을 때 그와 나누는 대화는 작살로 낚아 올린 재치 만점의 단어로 가득 채워진 어선과 같았다. 예를 들어 미요에서 가자미*[1]를, 님에서 가오리를, 튈에서 붕장어를 팔겠다는 말을 하고 싶을 땐, "오 솔레 미오"라고 콧노래를 흥얼거렸다. 그 외에는 대부분 하루 종일 입을 꾹 닫고 지냈다. 젊은 여인들의 모습을 보거나 소비뇽 와인을 과음한 후에는 훌쩍거리며 울기도 했다. 그는 다른 여자들을 놔두고 한 여자를 선택하는 일은 없을 거라고 결심했고, 모두의 영원한 연인으로 살기로 했다. 그러고는 늙어가는 창녀들과 낭만적인 우정을 이어갔다. 소비뇽 와인은 그가 나우펠과 라시드에게 이미 설파했던 실존 원리에 더 많은 영감을 주었다. 그는 바에서 술을 마시는 추종자들에게 자신이 깨달은 원리를 공개했다. "인생에서 고통스러워하는 사람을 힘들게 하느니 하녀를 힘들게 하는 게 낫다." "걱정은 걱정하는 성격을 물려받았을까 봐 걱정하는 자에게만 세습된다." "부처님의 자녀에게 북경식 오리구이를 요구해서는 안 된다." "치와와는 누가 먹는가?"

술에 취하지 않은 그는 무뚝뚝했고, 술에 취한 그는 초라했다. 그러나 그가 취하지 않은 상태에서 취한 상태로 넘어갈 때 순간적으로 위엄 서린 표정이 얼굴에 나타나곤 했다. 나프나프가 나무판을 가로로 두 쪽 내는 대신 세로로 스물네 개로 잘랐을 때 그가 말했다. "자네가 여기 있는 것만으로도 동네 어딘가에서 바보가 하나 사라진 셈이지."

필리파르는 일과를 마치고 회색 작업복을 벗으면, 즉시 벨 에포크

★1 가자미는 프랑스어로 '솔'이다.

시대의 조각가 피갈에 대한 향수에 젖어 헐렁한 코트와 검은 모자, 붉은 스카프를 걸치고 거리를 배회했다. 아리스티드 글뤼앙[★1]이 바람처럼 떠나가면 포도주에 절은 보리스 비앙독스[★2]가 콧물을 훌쩍이며 돌아오는 셈이었다. 그는 자신이 가장 환멸을 느낀 실존 원리들을 이렇게 간추렸다. "사는 법을 배울 시간도 별로 없었는데, 신경안정제가 어느덧 비아그라로 바뀌었다." "뱃살이 흔들릴지언정 튼살은 있을 수 없다."[★3]

나우펠의 일상은 지극히 단조로웠다. 아침이면 라시드와 필리파르, 심지어 동물 박제까지도 다시 볼 수 있어 기뻤고, 저녁이면 층계참에 터키식 화장실이 있고 홈통으로 물이 빠지는 세면대 겸 샤워기가 있는 누추한 방으로 돌아갈 수 있어서 행복했다. "만약 내가 매일매일 15분 동안 소리를 질러댈 용기가 있다면 완벽한 마음의 평정을 이룰 수 있을 것이다."(에밀 시오랑)

★1 아리스티드 브뤼앙을 패러디한 이름으로, 브뤼앙은 벨 에포크 시대에 활약한 위대한 샹송 가수다. 검은 모자와 코트, 붉은 스카프를 걸친 브뤼앙을 그린 툴루즈 로트렉의 포스터로도 유명하다.

★2 보리스 비앙은 프랑스의 작가로, 음악가, 비평가, 배우, 발명가 등 다재다능했다. 비앙독스는 오래된 역사를 지닌 프랑스식 간장 브랜드다. 보리스 비앙독스는 이 두 가지를 섞어서 패러디한 이름이다.

★3 라틴어 문구 Fluctuat nec vergetures: 'Fluctuat nec mergitur(파도가 흔들릴지언정 가라앉지 않는다)'를 빗댄 말이다.

그러나 그의 평화로운 나날을 좀먹은 것이 있었으니 바로 치통이었다. 오른쪽 뺨이 심하게 붓고 고통이 참을 수 없을 만큼 심해지자 나프나프는 문제를 해결하기 위해 치과에 갔다. 다음 날인 토요일, 그는 잇몸 속에 숨은 사랑니를 제거하는 응급수술을 했다. 그가 거리에서 셰에라자드를 본 것은 마취에 절어 멍한 상태로 치과에서 나왔을 때였다. 그는 즉시 셰에라자드에게 다가갔다. "방금 너와 관련이 있던 이를 뽑고 나왔어." 그가 재치 있게 말했다. 그녀는 자신의 합법적 납치자인 목타르를 소개했다. 목타르의 손은 부드러웠지만 시선은 우리에 가둘 햄스터를 찾는 듯 보였다. 나프나프는 포르말린에 담근 개구리를 만지기라도 한 듯 악수했던 오른손을 얼른 빼내며 그의 인사에 대꾸도 하지 않았다. 피펫과 목타르는 부스럼 사미에게 인사차 방문하러 가는 길이었다. 나프나프가 여전히 자기 아버지 집에서 살고 있다고 생각한 셰에라자드는 그가 따라오는 것을 보고도 신경 쓰지 않았다. 부스럼 사미는 그들이 나프나프를 초대했다고 생각해서 썩 내키지는 않았으나 그를 집 안으로 맞아들였다. 심지어 '양말'에다 내린 찝찔한 커피를 대접하기까지 했다.

겉으로 보기에 셰에라자드는 많은 제약 속에서 칩거하는 여성의 삶에 만족하는 것처럼 보였다. 그녀는 어느 때보다도 아름다웠다. 그녀의 파샤[★4]는 마치 제3세계의 열여덟 번째 불가사의를 감상하듯

★4 Pasha, 오스만제국의 고위 관리나 군사령관에게 주어진 칭호.

그녀를 바라보았다. 그녀는 다리를 드러내 과시했고 가슴을 강조하려고 등을 뒤로 젖혔다. 부스럼 사미는 저주의 말을 뇌까렸고, 페르시아인의 눈을 가진 남자는 쉬지 않고 지껄였다. 사촌 여동생 피펫의 캐러멜색 허벅지에 매료당한 나우펠은 아직 마취가 풀리지 않은 아랫입술이 느슨해진 홈통처럼 늘어져 액체가 엉뚱한 쪽으로 흘러내리는 것도 알지 못한 채 조용히 커피를 홀짝였다. 커피가 체 게바라 초상화가 그려진 티셔츠 위로 뚝뚝 떨어졌다. 그가 뜨거움을 미처 알아챌 새도 없이, 참사를 넌지시 알려주는, 바보를 향한 동정 어린 시선이 느껴졌다. 목타르가 서둘러 자리를 떴다. 나프나프는 어느 때보다도 외로움을 곱씹으며 집으로 돌아왔다.

어느 이른 아침이었다. 문 두드리는 소리가 들렸다. 경찰관 두 명이 그를 증인으로 불러 참고인 조사를 하려 했다. 그 전날, 아미나타가 버려진 옛 철길에서 죽은 채로 발견된 것이다. 강간당했고 불에 탄 상태였다.

독사 하르픽이 나프나프에게 그 근처에서 불이 난 이야기를 들려주었다. 감정이 격해진 나프나프는 예전에 자신이 전화로 신고한 덕분에 아미나타가 탈출할 수 있었다고 경찰에게 이야기했다. 그리고 지나가는 말로 자기도 보복당해 불에 탈 수 있다고 말했다. 경찰관들은 비밀을 지켜주겠다고 약속했다. 라우프 패거리의 혐의를 확인한 그들은 그의 손을 꽉 잡고 열렬하게 악수한 후 떠났다.

나프나프는 불길한 예감을 안고 필리파르의 목공소로 돌아갔다. 그러고는 자발적인 증언 때문에 이후에 어떤 일도 생기지 않기만을 기도했다.

집에 들어가기 전에는 보안을 위해 문에 걸 자물쇠를 샀다. 점심 시간에는 작업장에 남아 샌드위치를 먹는 습관이 생겼다. 저녁에 라시드가 퇴근하면 나프나프는 주문받은 일을 끝낸다는 핑계로 목공소에 남아 있곤 했다. 필리파르는 그에게 소비뇽 와인을 한 잔 건네고 남은 와인은 전부 마셔버렸다. 목수는 마지막 한 방울을 입에 털어 넣으면서 독백을 끝내고 작업복을 벗은 후 코트와 모자와 붉은색 스카프를 걸쳤다. 그런 다음 물랭 드 라 갈레트에 도전하기 위해[★1] 광란의 시대를 풍미했던 케케묵은 신화 속 로시난테[★2]에 올라탔다. 나우펠은 수도사의 방으로 돌아와 거친 벽면에 비친 자신의 그림자를 의식하지 않으려고 신발만 쳐다보았다.

3개월 후, 운명이 법원의 소환장 모습을 하고 나프나프에게 찾아왔다. 그는 소환장을 곧바로 처박아놓았다.

밤이 되면 복도 바닥이 삐거덕대는 소리를 들으며 케코스와 그의 친구들이 자신에게 복수하러 올 것이라 확신했다.

운명의 날이 다가오기 이틀 전이었다. 나프나프는 원형 톱으로 절

★1 19세기 말, 파리의 몽마르트르에 있던 댄스홀로, 현재는 레스토랑이다. '물랭'은 풍차를 뜻하는데, 작가는 목수 필리파르를 풍차에 싸움을 걸었던 돈키호테에 빗댄 것이다.
★2 돈키호테가 탔던 비쩍 마른 말.

단 작업을 마무리하고 있었다. 그때 라시드가 다가와 전화가 왔다고 알려주었다. 그는 사무실로 가서 아무 말 없이 전화를 끊었다. 그날 저녁 필리파르가 헐렁한 의식용 코트를 입고 좀이 슨 스카프를 두르고 모자를 썼을 때, 나우펠은 동물 박제품에 관해 질문하며 그를 조금 더 붙잡아두려고 했다. "아버지가 박제사였어." 그가 짧게 대답했다. 제자가 이야기를 계속 해달라고 끈질기게 청하자, 그는 동물 전용 묘지가 생기는 바람에 아버지의 귀화가 무산됐다고 덧붙여 설명했다. 그러고는 더는 말하기를 거부하고 나우펠을 문밖으로 몰아냈다.

나우펠은 불쾌한 만남을 두려워하며 막다른 골목 입구에서 한참 멈추어 서서 사방을 둘러보았다. 다행히 압데라우프가 고용한 자객들이 함정을 만들거나 매복해 있지는 않았다. 벤치에 앉아 있다가 인기척을 느끼고 일어선 흑인 여성 한 명을 제외하고는 고양이 한 마리도 보이지 않았다.

아미나타의 어머니는 나프나프의 건물 1층까지 따라가 일전에 보복을 두려워하지 않고 딸을 구해준 일에 대해 감사를 표했다. 그녀는 하늘나라로 간 아미나타가 나프나프를 친오빠처럼 여길 거라고 했다. 나우펠은 뜻밖의 말에 감동해 고개를 끄덕였다. 그녀가 찾아온 이유는 또 있었다. 그녀는 혼자 법정에 가는 게 겁이 나서, 재판 당일에 동행해줄 수 있는지 물었다. 나프나프는 한 치도 망설이지 않고 바로 수락했다. 여차하면 언제든 자살하면 그뿐이었다. 문득 시오랑의 짧은 문장이 떠올랐다. “당신으로 인해 실망할 사람이 아직도 많은데, 왜 그리도 빨리 삶을 떠나려 하는가?”

재판 전날, 나프나프는 잠을 이룰 수 없었다. 커피를 어찌나 마셔댔는지 왼쪽 눈꺼풀의 실핏줄이 끊임없이 고동치기 시작했다. SOS 신호였다. 복도 바닥의 삐걱대는 소리를 커피메이커에서 나는 소리가 덮어버렸을 때, 그는 밖에서 어깨로 쿵쿵쿵 세 번 쳐서 문이 부서지는 장면을 상상했고 그 후에 일어날 일도 머릿속에 그려보았다. 라우프의 복수단 서너 명이 그를 붙잡아 천창 밖으로 내던져서 그는 녹슨 홈통에 몇 분 동안 매달린다. 그들은 스카치 접착제 한 통을 지붕 위에 남김없이 짜내고 끈적끈적한 접착제가 그의 손가락에 닿을 때까지 기다렸다가 성냥을 켠다. 불붙은 손가락이 하나씩 풀리면서 그는 결국 7층에서 아스팔트 바닥으로 추락한다. 떨어진 충격이 블랙홀처럼 그를 빨아들이면 아미나타가 손을 내밀어 어둠의 터널에서 빠져나오게 도와준다. 그들은 빛이 가득한 곳으로 나오는데, 그곳에서는 성인들이 자신들의 후광을 원반처럼 던지면서 놀고 있고, 부활한 밤비의 어머니가 그들을 맞이한다. 공중에 뜬 천사들은 반짝이는 색종이 조각 같은 비듬을 비처럼 내리기 위해 머리를 흔든다.

날이 밝자 불안감은 공포로 바뀌었다. 그는 “존경하는 재판장님”

을 외치며 목소리를 가다듬었다. 그런 다음 세면대의 깨진 거울 앞에서 결백해 보이는 표정을 몇 번이고 연습했다.

나우펠은 오전 7시 30분에 무거운 걸음으로 천천히 계단을 내려갔다. 속으로는 건물이 무너져 구조대가 잔해에서 자신을 구출하느라 시간이 지체되어 증언하러 갈 수 없기를 바랐다.

아미나타의 어머니가 건물 아래층에서 기다리고 있었다. 그녀는 나우펠이 몹시 긴장했다는 것을 알아채고 가는 동안 손을 잡아주는 것이 좋겠다고 생각했다. 멀리서 보면 나우펠이 그녀를 위로하고 있는 것처럼 보였다.

재판이 진행되는 동안, 그들은 각각 다른 방에서 대기했다. 나우펠은 증인석에 불려 갈 차례가 되자 마치 처형대를 향해 걸어가는 듯한 느낌이 들었다. 슬픔에 잠긴 신의 손가락이 그를 가리키고 있었다. 경멸하는 표정으로 나우펠을 보는 사촌의 시선이 그를 묘하게 자극했다. 사촌에게 갑자기 화가 치밀었다. 개구리와 쥐를 괴롭히는 그의 능력에 대해 자신을 증인으로 삼으려고 자신의 약점을 이용한다는 생각이 들었기 때문이었다. 나프나프는 라우프의 눈을 똑바로 보며 또렷한 목소리로 진술했다. 그러나 검사가 그에게 사촌 압데라우프가 조직폭력배에 속해 있었는지 물었을 때는 세면대 거울 앞에서 연습한 표정을 지으며 부정적으로 답했다. 그는 케코스라고 알려진 레오 파나키스라는 이름을 들어본 적이 있었는지 곰곰이 생각했다. 나프나프는 골똘히 생각하는 척했으나 엄밀히 따지면 그 문제에 대해 할 말이 전혀 없었다. 그날 밤 버려진 옛 철길과 멀리 떨어진 곳에서 라우프를 봤다고 주장하는 목격자가 몇 명 있었다. 하지만 그들의 증언은 서로 달랐고, 그들 모두 범죄 기록이 있었다. 심지어 그들 중 한 명은 화재가 우연히 발생했을 수도 있고 강간이 범죄인 것은 맞지만, 그곳에서 사람이 죽은 것은 아니라고 주장함으로써 어이없게도 압데라우프의 변호사가 해야 할 역할까지 맡으려 했다. 알리바바와 40명의 뻥쟁이들은 재판장의 유죄 판결에 힘을 실어주었다. 압데라우프는 12년의 징역형을 선고받았다. 이제 나프나프는 적어도 12년 동안은 보복당할 위험에서 벗어났다. 그는 무거운 쇳덩이가 든 배낭을 벗어 던진 기분으로 법정을 떠났다.

아미나타의 어머니가 이를 기념하기 위해 나프나프를 큰 식당으로 초대해 점심을 함께했다. 그런데 키르★1를 두 모금 마신 후 그녀의 눈에서 눈물이 흘러내렸다. "괜찮아질 거예요." 그녀가 말했다. 그래도 눈물은 멈추지 않았고, 급기야 흐느낌으로 바뀌었다. 절망인지 안도감인지 구분할 수 없었다. 그녀는 냅킨에 코를 풀고 가슴이 찢어질 듯 울다가 울음이 목에 걸려 딸꾹질하면서도 나프나프에게

★1 백포도주에 리큐르를 가미한 식전주.

기다리지 말고 식사하라고 손짓했다. 모든 시선이 그들을 향했다. 나우펠은 그 순간을 모면하기 위해 괜스레 12년 후의 자기 모습을 떠올려보았다. 2주 후, 그의 운명은 아가 칸★2의 기수가 되어 미국 경마 대회에서 우승하는 것이었다. 그는 아가 칸의 딸과 결혼했고 골프장이 딸린 필로티 구조의 개인 호텔을 구입했다. 더구나 골프 경기를 엉망으로 치러도 상대방의 공을 훔치도록 훈련된 매가 있어서 세계 최고의 선수들을 이겼다. 하지만 12년이라는 세월은 너무 길어서 장기적으로 계획을 짜기가 사뭇 어려웠다. 그전까지는 어깨를 움츠리고 다락방과 필리파르의 목공소, 빨래방, 작은 슈퍼마켓만을 오가던 그에게 분명 놀라운 일이 일어날 터였지만, 솔직히 그 일은 그의 상상력을 뛰어넘었다.

다음 일요일에 아미나타의 어머니가 그에게 작별 인사를 하러 막다른 골목 모퉁이로 왔다. 그녀는 법정으로 가는 길에 손을 잡아주어 고맙다며, 부모가 물려준 상아 조각품을 선물로 건넸다. 자그마한 아이의 손을 조각한 것이었다. "이 손이 행운을 가져다줄 거예요." 그녀가 장담했다. 건물 아래에서 그녀는 숨이 막힐 정도로 나우펠을 꽉 끌어안고는 자신의 모국어로 무언가를 진지하게 말한 후 떠났다. 나우펠은 목이 메어 그녀가 멀어지는 모습을 바라보았다.

★2 아가 칸 4세는 유명한 경주마 서가를 소유했다.

나우펠은 협탁으로 사용하는 스툴 위에 작은 상아 손을 올려놓았다. 그러나 상아 손이 진짜로 행운의 부적인지 심각하게 의심할 날이 곧 닥칠 예정이었다.

그날 밤, 나우펠은 꿈에서 술트 대로를 따라 달리다가 날아오는 비둘기 떼와 맞부딪쳤다. 그는 잠결에도 눈을 질끈 감고 어깨를 움츠렸다. 수많은 비둘기가 날개를 세차게 퍼덕이며 지나갔다. 그중 뇌종양을 앓고 있던 비둘기 한 마리가 잘못된 방향으로 날아갔고, 부리가 나프나프의 이마를 정통으로 찔렀다. 나프나프는 의식을 잃고 쓰러졌다. 깨어났을 때 비둘기는 여전히 두 눈 사이에 끼여 마지막 순간을 보내고 있었다. 그러다가 최후의 몸부림을 친 후 그의 이마에 매달린 채 축 늘어졌다. 응급실 의사는 이마에서 비둘기를 빼내면 그가 죽을 수도 있다고 친절하게 설명해주었다. 나우펠은 어쩔 수 없이 이마에 박힌 비둘기와 함께 살아가는 법을 배워야 했다. 의사가 말했다. 처음에는 불쾌할 것이다. 특히 비둘기 사체가 부패하는 단계에서는 참을 수 없을 만큼 괴롭겠지만, 시간이 지나면 바싹 마른 고깃덩어리로 느낄 테고 결국에는 익숙해질 것이다. 그리고 몇 년이 지나면 원래 처음부터 그 자리에 있었던 듯 느낄 것이다. 갑갑한 마음으로 잠에서 깨어난 나우펠은 새벽 4시밖에 안 됐지만 당장 밖으로 나가 좀 걸어야겠다고 생각했다.

추운 날씨였으나 밤공기는 깨끗했고 대기에는 매혹적인 향이 떠돌았다. 나우펠은 동네를 한 바퀴 돌고 나면 마음이 진정되리라 생각했다. 그런데 이상하게 생각지도 않은 행복감이 몰려왔다. 내친김에 앙비에르주 거리 쪽으로 걸음을 옮겼다. 공원에 도착했을 때, 마침 첫눈이 내리기 시작했고 담장 위에 눈송이가 내려앉았다. 눈발이 점점 더 굵어졌다. 크고 폭신한 눈송이들이 떨어져 주위가 전부 하얗게 변하고 있었다. 하늘에서 떨어지는 것은 이제 더는 눈송이가 아니라 낙하산을 타고 뛰어내리는 눈사람들이었다.

누군가 아래쪽 벤치에 장갑 한 짝을 둔 채 깜빡 잊고 그냥 간 모양이었다. 나우펠은 한 시간 가까이 난간에 팔꿈치를 괴고 서서 장갑이 눈에 덮여 서서히 사라지는 모습을 지켜보았다. 버려진 장갑이 그의 눈앞에서 추억처럼 희미해졌다. 장갑과 눈 덮인 벤치를 더 이상 구분할 수 없어지자 정원 전체가 사람의 흔적을 지워버린 것만 같았다. 바로 그때 눈이 그쳤다. 그는 사라진 장갑과 벤치를 한참 바라보았다. 달콤한 공기에 취한 기분이었다. "죽는다는 건 더 이상 보이지 않는 것일 뿐이다." 아무리 애써도 부모의 얼굴 또한 눈에 묻힌 장갑처럼 기억에서 시나브로 사라질 것이다. 자신도 역시 언젠가는 여기에 없을 것이다. 눈을 깜빡일 때마다 자신이 더 이상 풍경의 일부가 되지 않을 그날에 가까워졌다. 인생의 초고에서 마지막 페이지가 넘어가면 눈처럼 하얀 페이지만 남을 터였다.

한쪽 손에 일어날 수 있는 최악의 상황은 나머지 신체를 모두 잃는 것이다. 손은 꼭 필요하긴 하지만 손이 없다고 해서 죽지는 않는다. 해부될 운명을 기다리며 냉장고 안에 있는 나는 그 사실을 잘 알고 있다. 낮은 온도 속에서 의식과 감각이 점점 희미해진다. 울고 있는 갓난아기에게 엄지손가락을 내주던 자그마한 내 손이 생각난다. 나는 아기가 입에 넣을 수 있도록 물건을 집어주곤 했다. 나는 아기와 외부 세계를 잇는 유일한 중개자였다.

기억을 빠른 속도로 되감으며 생각하니 코딱지를 파거나 신발끈 묶는 법을 배우던 일, 손가락을 입에 물리고 잠을 재우던 일까지 내가 기꺼이 견뎌냈던 모든 일이 떠오른다. 나는 처음부터 그가 오른손잡이일 거라는 걸 알았다. 수두에 걸렸을 때는 몰래 긁어주기도 했다. 그는 나를 선택했고, 나는 때가 되면 그에게 최선을 다하겠다고 다짐했다. 나에게는 그를 특별한 운명으로 이끌 재능이 있다고 깊이 확신했다. 하지만 나 자신조차도 그의 소명이 무엇인지 알지 못했고 작은 단서라도 찾으려고 애썼다. 그가 내 손가락 사이에 색연필을 끼워 넣었을 때 소름이 돋았다. 그는 디자이너나 화가 혹은 건축가가 될 수도 있었을 것이다. 소형 오르간으로 연주하는 첫 음을 들었을 때는 피아니스트가 된 그의 모습이 보였다. 그러나 그림이나 조각이나 문학과 마찬가지로 음악도 그의 손에서 멀어졌다. 그가 손에 황금을 쥐고 있었다는 나의 확신은 여전히 변치 않았다. 내가 "그의 두 손에"라고 말하는 것은 비유적인 표현일 뿐이다. 다른 왼손은 조수, 즉 제3의 바이올린에 지나지 않았을 테니 말이다.

어린 시절은 아무런 단서도 드러내지 않은 채 지나갔다. 나는 내 안에 숨겨져 있는 특별한 적성이 예술과는 상관없다고 결론을 내렸다. 한동안은 금은세공과 금도금, 뇌신경학 공부에 매진했다. 그러나 더 깊이 연구하고 계속 밀고 나갈 만큼의 집중력은 부족했다. 아직 발견되지 않은 훌륭한 재능이나 매혹적인 능력이 있을 거라는 생각 덕분에 한동안은 환상을 유지할 수 있었다. 하지만 어느 날 나는 내가 속한 존재가 열 손가락으로 아무것도 할 수 없으리라는 결론에 이르렀다.

'그'가 내 손톱을 강박적으로 물어뜯을 때, 나는 희망이 사라졌다는 사실을 받아들여야 했다. 참을 수 없는 모욕감에 자존심이 상해 오기가 생겼다. 그가 나를 이용해 큰일을 이루지 못한다는 사실에 화가 난 나머지, 그의 일상생활에서 사소한 일을 방해하기 시작했다. 컵에 커피를 부을 때 손을 떨었고 유리잔을 넘어뜨리거나 물건을 깨뜨리는 등 집안일에서 실수를 반복했다. 우리가 헤어질 지경에 이르렀을 때, 운명의 칼날이 우리 사이를 갈라놓았다. 내가 절단된 게 비록 지금까지 해왔던 공격의 업보라 쳐도, 과도한 자존심에 대한 형벌이라기에는 너무 가혹하지 않은가!

가장 소중히 여기는 것은 왜 잃고 나서야 그 가치를 불현듯 깨닫는 것일까? 아무리 하찮은 일을 하더라도 만족하며 살겠다고 마음먹은 참이었는데, 왜 하필이면 지금 나는 안경을 쓴 연구원에게 해부당할 위기에 처한 걸까? 이 순간 가장 후회되는 것은 내가 잘려 나간 존재에 대해 품었던 원망이다. 어쩌면 인생에서 실패했을 때보다 거장이 되었을 때 겸손함을 유지하는 게 더 어렵지 않을까?

하지만 이제 영원히 마비된 채 종말을 맞이하는 대신, 의식이 서서히 되돌아오는 듯하다. 차가운 기운이 다소 약해졌다. 냉장고가 고장 난 게 분명하다. 놀랍게도 손가락을 조금씩 움직일 수 있다. 갑자기 어이없는 생각이 떠오른다. 혹시 내 운명을 완수할 때가 온 것은 아닐까? 혼수상태에서 빠져나와 내 몸의 나머지 부분을 다시 찾는 것, 그것이야말로 내 자부심에 걸맞은 야망이라 할 수 있지 않은가! 그러니 혹시라도 내가 그 일에 성공한다면 그 후로는 아무리 하찮은 일이라도 일상의 일들을 겸허하게 해나갈 것을 맹세한다.

앙비에르주 거리에서 돌아온 나우펠은 부서진 문을 보고 가슴이 쿵 내려앉았다. 갈색 여행 가방, 제1차 세계대전 당시의 국자, 위대한 프랑스 고전문학책 등 도난당한 것은 아무것도 없었다. 유일하게 사라진 것은 작은 상아 손뿐이었다. 두 번째 자물쇠는 부서지지 않아서 나우펠은 급하게 자물쇠를 2중으로 다시 잠그고 커피를 마시며 평정심을 되찾으려고 노력했다. 그리고 제시간보다 훨씬 일찍 필리파르의 목공소로 피신하러 갔다. 가는 도중에는 불안한 마음에 어두운 골목길 구석구석을 샅샅이 살폈다.

필리파르는 그가 매우 이른 시각에 온 것을 보고 깜짝 놀랐다. 나프나프는 주인이 일터에서 잔다는 사실을 그제야 알았다. 그들은 조용히 커피를 마셨다. 필리파르는 손을 떨어서, 컵 받침에 커피가 떨어지면 흘러넘친 커피를 다시 잔에 부어 마셨다.

맞춤형 책장 주문이 들어와서 나프나프는 곧바로 책장 제작에 착수했다.

운명의 날이었다. 그날이 다른 날과 달랐던 것은 라시드가 없다는 것뿐이었다. 오전에 젊은 알제리 청년이 목공소로 들어왔다. 그는 필리파르와 이야기를 나누다가 나우펠을 힐끗 보았다. 나우펠은 원형 톱을 즉시 멈추고 치수를 다시 재는 척하며 두 사람의 말에 귀를 기울였다. 방문객은 자신이 라시드의 사촌이라고 하면서, 집에 일이 생겨 라시드가 하루만 대신 일해달라고 부탁했다고 했다. 필리파르는 그를 돌려보내고 싶었으나, 그가 하도 고집을 부리는 통에 견습 첫날 나우펠에게 시켰던 것처럼 작업장 청소를 맡겼다. 그 후부터 나프나프는 일에 집중할 수가 없었다. 라시드의 사촌이 청소하는 모습을 지켜보려고 나무판을 한 번에 절단하는 대신 몇 분마다 톱을 멈추곤 했다.

필리파르가 오르골에 짚을 붙여 세공하는 작업에 열중하고 있는데, 동네에 사는 수다쟁이 아주머니가 놀러 왔다. 나우펠은 다시 원형 톱을 켜고 새롭게 커팅 작업을 시작했다. 그런데 라시드의 '사촌'이 시야에서 사라졌다. 그와 동시에 나우펠은 절단기의 눈금이 최대치로 올라가 있음을 알아차렸다. 그가 차단기 스위치를 누르려고 손을 올리려는 찰나, 누군가가 등을 확 밀었다. 삽시간에 아드레날린이 솟구쳐 혼미해진 그는 아무런 고통도 느끼지 못했다. 입안에 씁쓸한 맛만 감돌았다. 라시드의 '사촌'이 그를 대신해 원형 톱의 작동을 멈췄다. 그러고는 즉시 뒤로 물러나 짐짓 놀란 표정을 지으며 나우펠을 바라보았다. 필리파르와 방문객인 조제트가 믿기지 않는다는 표정으로 나프나프를 쳐다보았다. 그는 두 사람이 자기를 공격한 자에게 화를 내지 않는다는 사실이 놀라웠다. 그들 눈에는 '사촌'이 톱을 멈추기 위해 사고가 난 직후에 급하게 뛰어든 걸로 보인 모양이었다.

나프나프는 그의 속임수를 비난하고 싶었으나 혀가 입천장에 달라붙은 듯 아무 말도 나오지 않았다. "제가 가서 도움을 청할게요." 가짜 사촌이 말하며 급히 자리를 떴다.

조제트와 필리파르는 창백해진 얼굴로 나우펠의 발치를 응시했다. 두 사람의 시선을 따라가던 나우펠은 그들을 공포로 밀어 넣은 존재를 발견했다. 피투성이가 된 손이 마치 바닥에서 빠져나오려는 듯 손가락을 꿈틀거리고 있었다. 그는 신발이 더럽혀지지 않도록 반사적으로 한 발짝 뒤로 물러섰다. 그러나 운동화는 바닥에 뚝뚝 떨어지는 피로 이미 젖어 있었다. 나프나프는 멍하게 허공을 바라보다가 자신의 오른쪽 팔뚝에서 피가 떨어지고 있다는 사실을 발견했다. 팔뚝 끝에는 이제 아무것도 없었지만, 그의 뇌는 여전히 모든 신체 기관을 너무나 잘 통제해서 바닥에 떨어져 있는 손도 움직일 수 있었다. 필리파르의 시선이 다시 나우펠의 얼굴로 돌아왔다. 나우펠이 어떤 식으로든 어떤 말로든 반응하기를 기다리는 것만 같았다. 나프나프는 힘겹게 할 말을 찾다가 드디어 내뱉었다. "죄송한데, 제가 손을 잃었나요?" 만족스러운 대답은 나오지 않았고 그는 그대로 기절했다.

냉장고에서 탈출할 때 제일 먼저 맞닥뜨린 장애물은 나를 감싼 비닐 막이다. 비닐을 뚫는 일은 좀처럼 쉽지 않다. 우선 비닐을 쥐고 손톱으로 작은 구멍을 내고, 구멍에 손가락 하나를 집어넣어 틈을 벌린 후 다른 손가락을 들이민다. 그리고 또다시 손을 비틀어 한꺼번에 그 안으로 들어가 빠져나온다. 마치 출산과정 같은 지난한 시간이다. 비닐봉지에서 나온 후에는 벽을 따라 유리 선반 위를 기어간다. 드디어 문에 도달한다. 그러나 아무리 힘을 주어도 문은 꿈쩍하지 않는다. 완전히 녹초가 된다. 체력을 다시 회복할 때까지 기다리기로 한다. 이러다가 냉장고 모터가 다시 돌아가서 내 생명이 스러져가는 것을 다시금 느낄까 겁이 난다. 지금은 모든 근육을 최대한 이완시키는 중이다. 휴식을 취하고 나면 좀 더 좋은 결과를 얻을 수 있을 것이다. 이제 남아 있는 근육의 힘을 모두 모으고 몇 센티미터 뒤로 물러섰다가 자신을 물소라고 생각하는 달팽이처럼 앞으로 돌진한다. 다시 말해 냉장고 문에 바싹 붙은 후 내 몸을 둥글게 구부리고 힘껏 문을 민 것이다. 포기하려는 순간, 갑자기 문이 열리면서 따뜻한 공기가 순식간에 밀려 들어온다. 나는 밀던 힘을 멈추지 못해 타일 바닥에 툭 떨어지고, 충격으로 정신이 아득해진다. 치명적인 상태에서 벗어나기 위해 초인적인 힘을 발휘해야 한다. 나는 몸을 질질 끌고 냉장고 뒤쪽의 벽 틈으로 들어가 잠시 몸을 숨긴다.

탈출은 성공했다. 하지만 나는 감옥에서 불과 몇 센티미터 떨어진 곳에 핏기 없는 모습으로 널브러져 있다. 내 존재의 나머지 부분과 더는 연결되지 않고 생명의 에너지원으로부터 단절되었으니 당연한 일이긴 하나, 휴식과 집중, 의지력을 통해 정신적으로 재충전해야 하는, 자율성이 희박해진 배터리만 남아 있다. 문득 내 몸을 찾으려고 이곳을 떠나 파리 시내를 돌아다니는 건 라즈 곶에서 날린 종이비행기를 타고 뉴욕에 가는 것만큼이나 비현실적인 일이라는 생각이 든다. 하지만 냉장고 뒤에서 썩어 없어지자고 얼어 죽을 운명을 거부한 게 아니다. 용기를 내자! 반드시 성공할 수 있다! 내 주인은 (설령 빈둥거리며 허송세월하더라도) 나 없이는 살 수 없다!

잡다한 생각이 점점 희미해지면서 나는 회복을 위한 코마 상태로 빠져든다.

의식 불명 상태에서 서서히 깨어나고 있지만, 움직일 에너지를 되찾으려면 나의 자존심을 자극해야 한다. 손은 되는대로 살아갈 권리가 없다. 손은 통제와 관능의 기관이며, 손짓을 통해 자율적이고 보편적인 의사소통을 할 수 있다. 인체의 기관 중에 이만큼 많은 것을 말할 수 있는 곳은 없다! 절단된 게 발이었다면 그 발은 운명을 벗어날 용기도, 의지도 없었을 것이며, 발가락에 꼬리표를 단 채 냉장고 선반에 멍하니 남아 있었을 것이다. '발처럼 멍청하다'라는 말은 흔하게 사용되지만, 손과 관련된 경멸적인 표현을 하나라도 말할 수 있는 사람이 과연 있을까? 생각해보면 무능한 발가락을 가진 발은 실패한 손이자 발육이 부진한 미숙아다. 나는 손이라는 우월한 기관이 지닌 장점을 이용해 관절을 하나씩 풀고 힘겹게 길을 떠난다. 그렇게 벽의 굽도리를 따라가다가 냉장고 근처에서 멈춘다.

지금 있는 곳은 선반과 진열장으로 꽉 찬 좁은 공간이다. 인기척이 전혀 없어서 벽을 따라 계속 걸어간다. 문은 하나뿐이다. 의자 등받이를 힘겹게 기어올라 손잡이에 다다른다. 문은 잠겨 있다. 누군가가 문을 열기를 기다렸다가 다시 잠그기 전에 몰래 빠져나오는 것은 내가 움직이는 속도를 고려하면 매우 위험해 보인다.

신선한 공기가 살짝 느껴진다. 쪽창이 있다는 뜻이다. 철제 캐비닛의 다리를 붙잡고 작은 출구를 향해 몸을 들어 올린다. 점점 기운이 빠지기 시작한다. 힘이 없어서 몇 번이나 붙잡았다가 놓기를 반복한 끝에 쪽창에 다다른다. 나가떨어지기 일보 직전이다. 간신히 창을 빠져나가 비둘기 배설물로 뒤덮인 작은 시멘트 난간 위로 간다. 지금은 밤이다. 이제 근육의 긴장을 완전히 풀고 다시 정신을 집중하면서 원기를 회복할 시간을 갖는다.

사고 현장에 있던 사람들이 좀 더 신속히 대응했더라면 나우펠의 손을 접합할 수 있었을지도 모른다. 그러나 조제트와 필리파르는 구조 요청을 한다고 했던 자칭 사촌이 돌아오기를 헛되이 기다렸다. 그들이 기다리다 못해 직접 신고했을 때는 이미 30분 이상 시간이 훌쩍 지났다. 구급차가 교통 체증을 뚫고 오는 동안, 두 사람은 절단된 손을 천에 싸서 냉장고 안의 두 병의 소비뇽 와인 사이에 보관했다. 그리고 이웃 여자에게서 아이스박스를 빌려 그 안에 손을 넣고 생탕투안 병원으로 옮겼다. 의사는 가져온 손의 상태를 살펴보더니 접합할 수 있는 상태가 아니라고 말했다. 열흘 후, 나우펠은 절단되어 퉁퉁 부은 손목 부위를 벨포 붕대★[1]로 감은 채 퇴원했다.

★1 팔꿈치와 어깨를 고정시키는 붕대.

그 후 2주 동안, 그는 지난 25년을 통틀어 최악이라 할 수 있는 악몽의 예고편을 다시 떠올리며 더없이 암울한 시간을 보냈다. 모르핀 진통제를 쓰고도 절단된 부위가 참을 수 없이 아팠다. 마치 조직을 재구성하는 과정에서 몸이 그의 손을 기억하고 헛되이 다른 손을 다시 자라게라도 하듯이 뼈가 뒤틀렸다.

통증이 가라앉자, 나프나프는 손이 퇴화한 남자의 귀환과 석기시대에 대한 말장난을 떠올리며 이 모든 게 농담이었다는 듯 아무렇지도 않은 척하며 필리파르를 찾아가면 어떨지 생각해보았다. 하지만 목공소에 다시 간다는 생각만 해도 혀끝에서 피가 흐르는 느낌이 들었다. 결국 그는 병원과 슈퍼마켓, 빨래방에 몇 번 다녀오고 장애연금을 받으려고 외출하는 것 말고는 집에만 머물러 있었다.

나우펠은 TV를 구입하고 케이블 방송과 Canal+ 채널에 가입해 밤낮으로 리모컨을 돌리며 시간을 보냈다. 날마다 프랑스 TV 매체의 풍경 속에 빠져 사는 자발적인 바보가 되었고, 하루 종일 TV를 보며 억지로 공허함을 채웠다.

자신의 세계에 틀어박혀 지내다 보니, 나우펠은 건물 관리인이나 같은 건물 사람들, 동네 주민들과의 사소한 만남도 점점 두려워졌다. 난쟁이 숫총각에 외팔이인 나프나프는 탐욕스럽고 비뚤어진 호기심에 대응하는 것조차 버거웠다.

"세상에, 무슨 일이래요? 도대체 어떻게 된 거예요?"

무슨 말을 해야 할까? 누구 짓이라고 말할까? 식물원의 사자가 그랬다고? 어둠 속에서 손톱을 물어뜯는 습관 때문에 손이 썩어서? 도둑의 손을 자르는 아랍의 전통에서 영감을 받아 비밀번호를 세 번 잘못 입력하면 손목 위로 칼이 저절로 떨어지게 만든 은행의 현금자동지급기 때문에?

나프나프는 설교쟁이 초등학교 교사와 피아니스트로 성공하지 못한 괴팍한 러시아 할머니를 피하려 현관문 외시경에 눈을 고정하고 긴장을 풀지 않았다. 그러나 교사는 모른 척하며 아무 말도 하지 않았고, 할머니는 모든 말을 있는 그대로 받아들였다. 교사는 직접 리모델링을 해서 분리된 네 개의 작은 원룸을 한데 합치고 편의 시설을 갖추어 소형 아파트처럼 만들었다. 할머니는 연이어 붙어 있는 방 3개에서 살았는데, 방을 합치는 대신 복도를 통해 방에서 방으로 이동했다. 그녀는 계단에서 나우펠을 만날 때마다 자신의 집에서 같이 술을 마시자고 조르곤 했다. 나우펠은 그녀의 요청을 도저히 뿌리칠 수 없어서 결국은 그녀의 추억 저장고로 따라 들어갔다.

그녀는 제일 먼저 호수에서 빠져 죽은 아들 니키타에 관해 이야기했다. 그러고는 진을 섞은 마티니를 한 잔 건네고, 식사 전에 그릇에 담긴 물에다 손가락을 씻던 시대에도 이미 한물간 취급을 받던 예의범절에 대한 조언을 늘어놓았다. 특히 주교와 목사를 서로 소개하는 방법과 초대한 집주인이 그들을 테이블에서 어떤 자리에 앉혀야 하는지 설명했고, 천주교의 성물들을 꺼내 보여준 후에 갈레트 데 루아[★1]를 내왔다. 지금은 이 파이를 먹을 시기가 아니었기에 냉동해 두었던 것을 꺼내 온 듯했다. 파이를 세 입째 베어 물었을 때 그녀가 콩이 있다고 외쳤다. 그러나 그것은 콩이 아니라 어느 틈엔가 빠진 치아였다. 누런색을 띠는 데다가 모양도 치아가 틀림없었는데, 그녀는 자신의 의견을 굽히지 않았다. 그러고는 나프나프에게 황금색 종이 왕관을 씌우고 그를 왕으로 선포했다. 나프나프는 그녀가 입에 키스하려 하자 부리나케 도망쳤다.

초등학교 선생은 나프나프에게 두유나 유기농 파파야 주스를 함께 마시자며 작지만 깔끔한 자기 집으로 초대했다. 그는 명상하고 기를 단련하면서 두부를 먹고 바닥에 요를 깔고 잠을 잤으며 아로마요법을 했다. 처음에는 떡 벌어진 우람한 체구와 거만하고 엄숙한 표정 때문에 위압감을 느꼈는데, 집에 있을 때의 그는 사실은 무척 상냥한 사람이었다. 눈빛, 목소리, 악수, 행동, 태도 등 모든 게 너무나 부드러워서 흡사 살과 피가 아닌 몽글몽글한 케이폭 솜으로 몸이 채워진 것 같았다. 솜으로 만든 로마 황제 인형처럼 보이는 그는

★1 '왕의 케이크'라는 뜻으로, 프랑스에서 새해를 기념하여 먹는 파이. 안에 작은 도자기 조각상이나 콩을 넣은 파이를 잘라서 사람들에게 나눠준 후, 먹다가 조각상이나 콩을 발견한 사람에게 왕관을 씌워준다.

키가 엄청나게 컸지만 여섯 살짜리 아이라도 손쉽게 쓰러뜨릴 수 있을 듯했다. 그는 손 절단 사고를 겪은 나우펠을 인도주의 차원에서 돌봐주어야 한다고 느꼈다. 그러나 나프나프는 계단에서 마주쳐 악수를 청하는 물컹한 손아귀를 떨쳐내느니, 차라리 발끝으로 걸어 살금살금 계단을 올라가거나 화장실에 숨는 편이 낫다고 생각했다.

고용량 화학 요법을 시행하듯 시도 때도 없이 TV를 보며 지낸 덕분에 나우펠은 고문하듯 정신을 돌게 만드는 고통에서 피할 수 있었다. 우리에 갇힌 늑대는 토끼란 토끼는 모조리 뒤쫓을 준비가 된 어리석은 그레이하운드 사냥개로 변해 미친 듯이 채널을 돌렸다. 그는 스포츠, 에로물, 시사토론회, 교양 다큐물, 예능 등 다방면의 온갖 방송에 정신없이 빠져들어 그 속의 인물들과 동화되었다. 그는 종종 샌드맨★1이 올 때까지 기다리다가 홈쇼핑 방송이 시작되는 이른 새벽까지 깨어 있곤 했다. 그러고는 눈꺼풀에 수많은 이미지가 맺힌 채 스르륵 잠이 들었다.

심지어는 잠을 잘 때도 다른 인물이 되었고, 조용하게 틀어놓은 TV를 상대로 혼잣말을 지껄이기도 했다. 얕은 잠을 자는 동안 그는 자기 자신과 인터뷰했고, 동시에 시청자가 되어 그 장면을 지켜보았다. 또 끊임없이 채널을 돌리다가도 결국에는 자기 자신에 대한 방

★1 잠드는 모래를 눈에 뿌려 잠들도록 도와주는 요정.

송 작품을 만드는 일에 빠져들었다. 빨래방에 가서도 머릿속에서는 TV 이미지가 최대 음량으로 계속 맴돌았다.

"베르나르 앙리 나프나프 씨★2, 방송에서 에로티시즘이 보편화되고 있는 현상에 대해 어떻게 생각하시나요?"

"음…… 에로틱한 이미지의 확산이 실제로는 욕망을 평가절하하는 데 이르렀다고 말하고 싶습니다. 그 결과 판타지가 팽창하여 과도한 좌절감을 일으켰죠."

"저, 잠깐만요. 관리팀에서 누가 손을 흔드네요. 건조기에 동전을 더 넣어야 하는데…… 그런데 뭐라고 하셨죠?"

"어…… 세상은 두 부류로 나뉜다고 말한 거였어요. TV에 출연하는 사람과 TV를 보는 사람이요. 더 정확히 말하자면, TV에서 자기가 하는 말을 듣는 사람과 말하는 것을 보는 사람이죠. 자신이 말하는 것을 듣는 사람들은 말할 때도 정확하게 말하려고 노력합니다. 그리고 자신이 말하는 것을 보는 사람들은 방송에 나온다는 사실만으로 방송된 모든 게 존재한다는 방송 논리에 따라 그들이 실제로 해야 할 말이 있다고 생각하며, 어떤 면에서는 방송 속의 자신이 실제의 자신보다 더 확실히 존재한다고 여깁니다. 그건 시체의 손톱과 수염이 자라는 것을 증명한 사실로부터 출발하는 것과 같아요. 하지만 손톱과 수염이 자랐다면 당신은 죽었다는 뜻이고……. 당신

★2 프랑스에서 유명한 대표적인 중도 좌파 성향의 지식인으로 TV 토론 프로그램에도 자주 출연한 베르나르 앙리 레비를 패러디한 이름이다.

은…….”

빨래방에서 창문 밖을 바라보던 나우펠의 시선이 배수로 옆 인도에 떨어진 장갑 한 짝에 가닿았다. 그 장갑은 수북이 쌓이는 눈 속에 파묻혀 사라진 장갑과 놀라울 정도로 닮아 있었다.

그는 빨래방을 나서면서 떨어진 장갑 앞으로 다가갔다. 그러나 왠지 모르게 거부감이 들어 집어 들지 못했다. 마치 이 장갑과 자신의 절단된 손 사이에 연결 고리가 있다는 생각이 들었고, 구제받을 길이 없을 만큼 버림받은 느낌과 모두가 자신을 쳐다보는 것 같은 수치심이 몰려와 발길을 돌렸다.

다락방으로 돌아온 나프나프는 늘 하던 대로 TV 전파를 이용한 화학 요법을 바로 시작하려 했다. 그런데 그 요법의 매력은 이미 깨진 뒤였다. 병원에 입원했을 때 옆 침대의 노인이 수첩에 이렇게 적어놓았다. “나는 내 안에 있는 나 자신을 밖으로 너무 많이 드러내며 살았다. 그러기에 나는 더 이상 내 안에 없고 바깥에만 존재한다.”

나우펠은 채광창으로 고개를 돌렸다. 저 창문이라면 TV 화면을 대신할 수 있을 것 같았다. 빗물이 홈통에 고여 있었고, 모기들이 그곳에 알을 낳았다. 고인 빗물에 반사된 구름이 마치 솜사탕을 파는 캐러밴처럼 느리게 지나가면서 모기 알을 감싸 안았다. 비를 잔뜩 머금은 뭉게구름, 아득한 괴로움, 빈 장갑, 침울한 희열.

나프나프는 용기를 내어 절단된 팔뚝을 잡고 눈앞에 대고 흔들어

보았다. 이 팔을 보고 자신에게 실망할 사람은 아직도 여전히 많을 테지만, 앞으로 수십 년 동안은 끝이 부풀어 오른 이 혐오스러운 팔뚝과 함께 살아가야 했다. 문득 나우펠은 접합 수술을 거절당한 후, 절단된 자기 손에 무슨 일이 일어났는지 궁금해졌다. 포르말린 용액이 채워진 병에 들어 있는 손을 꺼내어 되찾아 오거나 고릴라 손처럼 박제하고 싶었던 것은 아니다. 다만 자신의 손만이 가지고 있는 독특한 특성이 무엇인지 자세히 알고 싶었다. 비극이 일어나기 전에는 누군가가 자기의 두 손을 잘라서 절단된 다른 손들 사이에 늘어놓으면 어떤 것이 자기 손인지 알아볼 수 없었을 것이다. 갑자기 '내 손이 이미 다른 사람에게 이식되었을지도 모른다!'는 끔찍한 의심이 그를 사로잡았다.

생탕투안 병원으로 가기 위해 집을 나서며, 나우펠은 계단을 내려가기 전에 복도와 계단이 비었는지 확인했다. 5층 계단에 도착했을 때, 그는 아래쪽 3층 계단 난간에서 손을 흔드는 러시아 할머니를 발견했다. 검버섯이 핀 늙고 바싹 마른 손에 가락지를 끼고 있었다. 그는 자리를 피하려 집으로 급히 다시 올라갔는데, 솜 인형 로마 황제와 딱 마주쳤다. 로마 황제는 마시멜로 같은 눈빛으로 나우펠을 바라보며 그가 비타민 결핍증이라고 진단했다. 그러고는 '몸 읽기'에 조금이라도 관심이 있다면 잠깐 관찰하기만 해도 나우펠이 심각한 우울증에 시달리고 있다는 사실을 알 수 있다고 말했고, 예전에 남겨두었던 홍삼정 한 박스를 주겠다고 했다. 그는 홍삼정을 찾는 동안 기쁜 마음으로 나우펠에게 두유를 권했다. 나우펠은 그의 권유를 받아들이면서도 속으로는 그의 타고난 배려가 나약함에서 비롯됐을 뿐이라며 비웃었다. 30분 후에도 나우펠은 수돗물에 희석한 분필 맛이 나는 주스를 음미하는 척하며 여전히 그의 집에 앉아 있었다. 유약한 로마 황제는 선생 기질을 마음껏 발휘했다. '몸 읽기'를 시작으로 대화는 점차 몸짓 언어에 대한 주제로 흘러갔다. 말하는 동안 그는 대화 상대의 절단된 팔뚝에 끊임없이 손을 얹어 그의 잘린 팔뚝이 전혀 혐오스럽지 않다는 것을 보여주려 했다. 나우펠의 시선이 아스테카 문명의 피라미드 포스터로 향했다. 아무 데도 갈 수 없게 하려고 네 개의 돌계단을 일부러 한곳으로 이어지게 만든 것 같았다. 나우펠의 입에서 "오리의 춤도 백조의 언어★[1]에 속하는 걸까요?"라는 질문이 툭 튀어나왔다. 아무 생각 없이 내뱉은 말에 당황스러운 침묵이 이어지자, 나프나프는 이때다 싶어 얼른 그 집을 빠져나왔다.

병원에 간 나우펠은 안내 데스크의 퉁명스러운 금발 머리 직원에게 자기 손을 돌려달라고 요청했다. 프랑스의 모로코 영사관에 가서 라바트의 산부인과에서 보관하고 있는 탯줄을 되찾게 도와달라는 민원을 넣어도, 자기 신체의 일부를 찾겠다는 것이니 이상할 게 없다며 직원을 설득했다. 그는 다른 건물로 가라는 안내를 받았고, 거기서 또 다른 층으로 올라가야 했다. 까칠한 갈색 머리 여자가 절단된 인체 조직을 관리하는 책임자를 불렀다. 자료 보관실에서 나우펠

★1 프랑스어에서 '몸짓 언어'와 '백조의 언어'는 비슷한 발음을 가진다. 발음을 활용한 말장난이다.

의 파일을 꺼낸 여성은 부스럼 사미가 폐기 동의서에 서명했던 터라 의과대학에서 그의 손을 가져갔다고 쌀쌀맞게 말했다. 나우펠은 그 후에 벌어진 일을 쉽게 상상할 수 있었다. 손은 냉장실에 보관되어 있다가 어느 날 밀크커피를 손에 든 학생 몇 명이 보는 앞에서 낱낱이 해부되었을 테고, 그 후로는 사람들 관심 밖에서 벗어나 쓰레기통에 버려졌거나 개 사료로 재활용되었을 것이다.

병원을 나선 나프나프는 흐르는 눈물 사이로 어린 잡종견 한 마리가 밤나무에 묶은 줄을 풀고 달려가는 모습을 보았다. 세 남자가 차에서 뛰어내려 길 끝까지 쫓아갔다. 나무에 다가간 나프나프는 나무 틈새에 끼워져 있던 투박한 흰색의 금속 물체를 발견했다. 가까이 가서 살펴보니 라벨이 붙어 있지 않은 작은 스프레이였다. 구강 청결제 같았다. 그는 아무 생각 없이 그것을 주머니에 넣고 집으로 돌아와 침대에 누웠다. TV에 의지하지 않겠다고 결심한 그에게는 천장에 난 실금을 눈으로 쫓는 일 말고는 아무것도 할 게 없었다.

손바닥에서 조금씩 기운이 되살아나 모든 관절에 힘이 생기기까지 한참을 기다린다. 몸을 부르르 털고 무엇을 해야 할지 고민하는 중이다. 선택지는 많지 않다. 벽돌 벽의 틈새는 너무 좁아서 잡기가 힘들다. 몇 미터 내려가지도 못하고 힘만 빠질 것 같다. 손을 놓으면 4층 높이에서 사람들이 붐비는 대로로 떨어져 뭉개질 게 뻔하다. 벽 가장자리 가까이에 수직으로 연결된 홈통 배수관이 보인다. 벽돌 모서리를 붙잡고 미끄러지듯 내려가 홈통을 붙잡는 방법이 있다. 그러나 에너지가 이미 고갈된 마당에 대로로 내려가는 건 자살 행위처럼 느껴진다. 훨씬 가까운 홈통으로 올라가기로 한다. 어렵사리 그곳에 이르러 손가락 끝으로 붙잡는다. 허공에 매달리자 피가 거의 빠져나간 관절들이 움직이기 시작한다. 수축과 이완을 반복하여 몸을 흔들면서 위에 닿으려 마지막 힘을 짜낸다. 홈통에 거의 이르러 간신히 붙잡고 적당한 곳에 착지하는 데 성공한다. 손바닥을 하늘로 향한 채 홈통 위에 축 늘어진다.

비둘기 한 마리가 바로 옆에 내려와 앉는다. 날개가 나를 스친다. 뻣뻣하게 굳어 있던 나는 그제야 깨어나 손가락을 튕긴다. 비둘기가 날아간다. 이제 다시 일어서서 방황하는 손의 여정을 시작한다. 홈통 바닥은 매끄럽고 따뜻하여 안도감이 든다. 그러나 쾌적한 홈통을 포기하고 거친 지붕 위로 올라간다.

지붕 꼭대기에는 반대편으로 내려가는 슬래브 경사면 대신 낮은 콘크리트 벽이 나오고, 계속 가다 보니 역청으로 덮인 평평한 표면이 나타난다. 조심스럽게 앞으로 나아가다가 따뜻하고 커다란 알루미늄 파이프와 만난다. 파이프를 올라타서 가다가 구부러진 곳을 지나면 파이프는 두 개의 다른 파이프와 연결되고 작은 콘크리트 블록으로 된 벽 속으로 사라진다. 연결부 아래에 파이프에서 나온 온기가 퍼지는 작은 구멍이 있다. 나는 이곳에서 마음과 영혼을 누이고 휴식을 취한다.

태양이 나를 은신처 밖으로 끌어낸다. 햇빛에 손끝만 닿아도 에너지가 충전된다. 밖으로 나가 햇살을 흠뻑 받는다. 파이프 위에 손바닥을 펴고 누우면 태양 빛이 더 잘 흡수된다. 태양은 내 손바닥을 위한 것이다! 태양이 주는 활력은 몸을 움츠리고 힘을 비축할 때보다 훨씬 더 강하다.

해가 질 때까지 햇빛으로 몸을 흠뻑 적시고 에너지를 얻는다. 그리고 따듯한 콘크리트 구석으로 가서 휴식을 취한다.

얼추 헤아리면 지금은 9월 말에서 10월 초쯤이다. 지나가는 계절이 눈부시게 빛난다. 며칠 동안 똑같은 일상이 반복된다. 해가 떠서 질 때까지는 인간의 온기 대신 태양의 열기를 내 조직에 공급하고, 밤이 되면 따뜻하게 데워진 은신처에 몸을 웅크린 채 머무른다. 비둘기가 다가오면 손가락을 튕겨 날려 보낸다. 내 생명의 원천은 사라졌지만 그래도 힘이 다시 솟고 있다. 화창한 날씨가 계속 이어진다면 이곳에서 에너지를 받으며 살 수도 있을 것 같다. 햇볕에 그을려 참나무 껍질처럼 쭈글쭈글해진 피부에 뒤덮인 채 지붕 위에서 은둔자로 살아가는 나를 상상한다. 그날 나는 또 다른 운명을 꿈꾸는 대신 현재를 살아가는 지혜를 얻은 것 같다. 과거에 연연하지 않고 현재를 살았던 나의 충만했던 시절처럼, 현재를 사는 방법을 알지 못했던 예전의 시간을 후회하며 현재를 살고 있는 지금처럼. 인간의 전형적인 모습은 현재를 살지 못하는 것이며, 그 이유로 인해 진정으로 현재를 살아가는 존재를 찾기란 무척 어렵다.

대부분은 무언가로부터 도망치듯 앞만 보고 달려가는 데 사로잡혀 있거나 공허하게 살아간다. 인간의 수명은 길지도, 짧지도 않으며 그 중간쯤에 놓여 있다고 할 수 있다. 순간만을 살기에는 너무 길고, 장기적으로 무언가를 계획하고 살아가기에는 너무 짧다. 인간은 덧없는 존재다. 눈앞의 쾌락에 너무 일찍 날개를 태워버리거나 누릴 시간도 없는 '행복'을 위해 인생을 희생하지 않으려면, 완전히 절충하며 살아야 한다. 많은 사람이 통찰력을 발휘하기보다는 더 큰 두려움에 사로잡혀 어리석게 행동한다. 또한 어쩔 수 없는 상황으로 인해 갑자기 삶의 방향을 바꿔야 할 때까지는 헛된 기대를 품으며 자신을 속이고 사는 걸 선호하는 사람들도 있다. 겸손함이 부족하면 현재를 살지 못하는 건 분명하다.

갑자기 실소가 나온다. 얼마 전까지만 해도 인체에서 가장 고귀한 기관이 바로 손이라고 자랑하던 내가 겸손함을 운운하다니! 발에다 천하고 어리석다는 낙인을 찍었던 내가! 결국은 관점의 문제일 뿐이다. 숙련된 손은 노예나 마찬가지다. 명령에 복종하여 하찮거나 사소한 무수한 일을 수행하는 것이 손의 기능이니 말이다. 그래서 손을 잘 쓰는 사람을 '잡역부'라고도 부르지 않는가? 희열의 정점은 손이 아니라 발이다. 누군가를 '발밑'에 두면 '손안'에 두는 것보다 자신의 가치가 훨씬 더 올라간다. 그러니 손을 받침대 위에 올려놓고 떠받들어야 한다던 내 생각은 틀렸다.

철학적인 생각에 잠겨 있던 나는 피부에 슬쩍 닿는 차가운 촉감에 놀라 정신을 차린다. 나도 모르는 사이에 쥐 한 마리가 내 냄새를 맡으려고 다가왔다. 나는 움찔하며 뒤를 돌아보고는 쥐를 놀라게 하려고 손가락을 세게 튕긴다. 그러나 쥐는 약간 물러서기만 할 뿐 도망가지 않는다. 불안해진 나는 지붕 반대편으로 걸어간다. 이제 난국을 피해 길을 떠날 시간이다. 공격을 견딜 수 있을 만큼 힘을 모아서 주먹으로 쥐를 꽉 쥐고 질식시켜 죽인다 해도, 정신을 차렸을 때는 이미 다른 쥐들이 내 몸을 뒤덮을 수도 있다. 그러면 결국 나는 수술용 메스를 피하지 못하고 페스트를 옮기는 설치류 무리에게 해부당하는 운명을 맞을 것이다. 쥐는 멀찍이 떨어져서 홈통까지 따라오고 있다. 운이 없는지 내가 도망쳐 온 곳은 번화한 거리 바로 위다. 막막하지만 어쩔 도리가 없어서 옆의 홈통을 타고 벽 아래로 내려간다. 별것도 아닌 이런 일에 나보다 쥐가 훨씬 능숙한 데다 쥐와 똑같은 통로를 이용한다는 사실에 아드레날린이 치솟아 오른다. 내 생김새와 나한테서 나는 인간 냄새 때문에 지금은 쥐가 조심스럽게 간을 볼 뿐이지만, 곧 공격할 것 같다는 생각이 든다. 쥐는 본능적으로 내게 남은 에너지가 얼마 없고 그마저 점점 소진되고 있음을 알고 있다. 홀로 남겨진 내가 얼마나 취약한 존재인지 깨닫는 순간이다. 벽돌 모서리에 손끝으로 매달려 버티다가 반쯤 열린 쪽창으로 미끄러져 들어가서 창문 아래로 기어가 움직이지 않고 숨죽이고 있다. 쥐는 끝까지 나를 쫓을 생각이다. 조심스럽게 내미는 뾰족한 주둥이가 보인다. 나는 쥐가 얼굴을 완전히 드러낼 때까지 기다리다가 창을 아래로 힘껏 잡아당긴다. 그러고는 쥐 머리가 으깨지는 소리가 들린 후에야 힘을 푼다. 강력

한 펀치 한 방! 손을 공격하면 이런 파국을 맞는 법이다. 논쟁거리를 다시 만들고 싶지는 않지만, 상황에 적응하고 도구를 사용하는 능력이 발에도 있는지 모르겠다. 만약 발과 맞붙는다면 내가 한 수 위일 거라고 확신한다. 이렇게 깨달은 사실이 너무 기뻐서 나는 완전히 탈진하기 전에 다시 기운을 차리고 몸을 일으킨다.

샤워할 때 미끄러지지 않게 비누를 꽉 잡고 비누칠하는 건 누구나 할 수 있는 일이지만, 손이 하나인 나우펠에게는 샴페인 잔을 머리 위에 올린 채 외발자전거를 타고 에펠탑 계단을 내려가는 일과 같았다. 몽당팔이 그나마 유용하게 쓰일 때는 수건을 팔에 걸칠 때뿐이었다.

샤워 후에 어렵사리 옷을 입은 나프나프는 가게에 가려고 외투를 걸쳤다. 그러다 무심코 주머니에 손을 넣었다가 안쪽 깊숙이 들어 있던 라벨이 없는 작은 흰색 스프레이 통을 발견했다. 호기심이 발동해서 버튼을 누르니 데오도란트처럼 입자가 분사되었다. 목을 쭉 뻗어 냄새를 맡았다. 눈이 따가웠다.

다시 눈을 뜬 나우펠은 외투가 안락의자 등받이에 걸쳐져 있는 것을 보았다. 안락의자가 낯설었다. 바로 뒤에는 평생 한 번도 본 적 없는 옷장이 있었다. 일본식 벽지도 마찬가지로 혼란스러웠다. 하지만 자신이 입고 있는 흰색 줄무늬의 파란색 파자마가 가장 당혹스러웠다. 밤새 오른손이 다시 자랐다고 해도 이보다 놀랄 수는 없을 것이다.

나프나프는 불안감에 휩싸인 채 몸을 일으켰다. 옷은 침대 옆 의자에 개어져 있었다. 그는 옷을 입고 재킷을 걸친 후 복도로 나갔다. 그런데 이상하게도 복도가 로코코 양식의 작은 거실로 이어져 있었다. 거실은 왠지 모르게 익숙했다. 다른 방향에서 방을 바라보던 나우펠은 문득 그 방의 정체를 알아챘다. 그 순간, 순둥순둥 1세가 아침 식사를 담은 쟁반을 들고 황실 곰돌이 같은 얼굴로 꿀이 뚝뚝 떨어지는 함박 미소를 지으며 나타났다. "잘 잤어요?" 그가 대나무 거름망에 재스민차를 내렸다. 나프나프는 어리둥절한 표정으로 그를 쳐다보았다. 자기가 도대체 왜 여기에 있는지 이해할 수 없었다.

나우펠은 생탕투안 병원에서 빈손으로 집에 돌아와 일찍 잠자리에 들었지만, 벽을 통과한 적은 없다는 건 기억했다. 솜으로 가득 채워진 거구의 사내는 여유로웠다. 그는 뜨거운 차를 후후 불더니 차 대신 당근 주스를 한 모금 마시고는 인질에게 콩 비스킷을 건넸다. 콩 비스킷은 문에 붙여 유기농 안전 막으로 쓸 수도 있을 만큼 끈적거렸다. 전날 밤 자정쯤에 로마 황제는 매월 첫째 주 화요일마다 참석하는 그룹 명상 세션을 마치고 집으로 돌아왔다. 그는 층계참에서 나우펠과 러시아 할머니가 옥신각신하는 장면을 목격했다. 귀덮개를 쓴 나우펠은 현관문 자물쇠에 열쇠를 끼우려고 했으나 번번이 실패했고, 노인은 아들 니키타의 옷을 돌려달라며 그를 잡아당기고 있었다. 솜 인형 황제는 이야기를 계속 이어가기 전에 차를 한 모금 음미했다. 러시아 할머니의 집은 엉망진창이었다. 그의 말에 따르면, 나우펠과 노인은 진 두 병을 마신 다음 죽은 아들의 옷장을 다 헤집어서 사진과 옷을 모조리 꺼내놓았다. 이를 보다 못한 자비로운 순둥순둥 성자는 나우펠을 자신의 날개 아래 품고 집으로 데려와 목욕시키고 조카의 잠옷을 입혀 잠자리에 들게 했다.

나프나프는 이야기를 들으면서 전날 밤의 일을 기억하려 했으나 아무것도 떠오르지 않았다. 기억이 나지 않으니 솜 인형처럼 폭신폭신한 그의 위엄도 미덥지 않았다. 그는 진에 마취제가 들어 있었는지도 모르겠다고 말했다. 마취제는 매우 흔히 통용되어서 당국의 명령에 따라 폐쇄된 클럽도 있었다. 클럽에 온 여성들이 술을 마신 후 의식을 잃고 여섯 시간이 지나서야 깨어났는데, 그사이에 여러 차례 성폭행을 당했기 때문이었다. 콜롬비아산 식물에서 추출한 마취제는 그 이전까지 소급해서 기억을 앗아갔기 때문에 여성들은 아무것도 기억하지 못했다. 강간범들에게는 그야말로 이상적인 약이었다. 여자에게 다가가서 음료에 가루를 조금만 넣어도 여자는 순식간에 살과 피로 이루어진 꼭두각시처럼 수동적인 존재가 되었다. 솜 인형 황제는 심지어 콜롬비아에서는 마취제를 스프레이 통에 넣기도 한다는 말도 들었다고 이야기해주었다. 방독면을 쓰고 다니지 않는 이상, 호텔 엘리베이터, 택시, 길거리 등 언제, 어디에서나, 누구든 당할 수 있었다. 나우펠은 그가 너무 많은 정보를 알고 있는 것이 이상하다고 생각했고, 의심스러운 마음에 그가 가져온 찻잔을 한쪽으로 밀어냈다. 그러고는 다시 기억의 뉴런을 되살리려고 안간힘을 썼으나 소용이 없었다. 아무리 노력해도 기억은 나지 않고 머리만 지끈거렸다. 이제 나프나프에게 남은 소망은 단 하나, 다시 잠들고 싶다는 것뿐이었다. 계단에서 그는 노파의 방문을 슬쩍 쳐다보았다. 머리가 띵하고 편두통에 시달리지만 않았다면 나프나프는 노파의 이야기가 마시멜로 폐하의 이야기와 일치하는지 확인하러 갔을 것이다.

문을 닫은 후 그는 외투를 옷걸이에 걸고 침대에 누웠다. 눈꺼풀이 잠수함의 해치처럼 굳게 잠겼다.

내가 들어선 곳은 전통적인 강의실이다. 원형 극장처럼 배치된 긴 책상들이 단상과 마주해 있고, 단상 위에는 커다란 칠판과 수납 선반이 달린 교탁이 있다. 나는 구리 전선을 붙잡고 바닥으로 내려간다. 간신히 내려간 나는 금세 피로해져서 자동차에 깔린 두꺼비처럼 바닥에 찰싹 붙어 엎드린다. 잠시 숨을 고른 후 다시금 힘을 내어 단상을 향해 비틀비틀 걷는다. 순간 대담한 계획이 떠올라서 교탁 선반 밑으로 슬금슬금 기어간다. 의식이 점점 흐릿해지지만 꺼지지 않도록 애써 붙잡는다.

돌연 단상 바닥이 닻을 내린 배처럼 흔들리더니 사람들의 발소리가 바닥에서 울리고 교탁 선반까지 진동이 전해진다. 그때 싸구려 신발을 신은 발이 내 앞에 홀연히 나타난다. 수레를 끄는 말처럼 꺼벙하고 유순한 발이다. 감격에 겨워 가슴이 두근거린다. 신발을 툭툭 치거나 신발 끈을 풀고 두 발을 한데 묶어서 내가 얼마나 기쁜지 알려주고 싶다. 그러나 지혜는 내게 조심하라고 말한다. 저 발과 나는 지금 같은 상황이 아니다. 내 앞의 두 발은 성취의 약속처럼 나를 들뜨게 하지만, 그들에게 나는 두려움이나 혐오의 대상일 뿐이다. 나는 남자의 두 발에 닿지 않게 조심하며 선반 칸막이를 따라 가죽 서류 가방에 접근하여 그 안으로 몰래 들어간다. 그리고 몸을 비틀어 가방 뒤쪽의 서류 폴더 밑에 몸을 끼워 넣는다. 이제 내가 바라는 건 들키지 않고 이곳을 빠져나가는 것뿐이다. 나는 두 손가락을 십자로 꼬며 소망이 이루어지기를 기도한다.

가방이 휙 들리는가 싶더니 가방 덮개가 열리고 남자 손이 쑥 들어와 가방 안을 구석구석 뒤진다. 바로 옆까지 돌진한 손의 자력이 너무 강해서 나는 끌려가지 않으려고 힘겹게 저항한다. 손의 자력에 비하면 태양의 복사력은 정말 아무것도 아니다. 다른 손이 가까이에서 뿜어내는 기운에 나도 조금씩 에너지를 받는다. 그러나 고통과 상실감도 동시에 몰려와 나를 압도한다. 절단의 아픔보다 동생을 잃었다는 사실이 더욱 고통스럽다. 손은 본래 쌍둥이인 까닭이다. 만일 우리가 함께 있었다면 앞으로 닥칠 어려움도 절반은 이미 해결되었을 것이다. 손바닥을 맞대고 서로 몸을 데울 때 생기는 인간의 온기는 말할 것도 없다.

그사이에 남자가 팔을 뻗어 가방을 잡고, 나는 허공에서 흔들린다. 그가 한 걸음 한 걸음 내디딜 때마다 내가 갇혔던 곳에서 점점 멀어지고 있다. 갑자기 가방이 열리고, 동료 손이 종이에 싸인 물체를 가방 안에 넣는다. 그리고 다시 흔들리는 여정이 시작된다. 물체를 감지한 새끼손가락은 그것이 샌드위치라고 귀띔한다. 확인하느라 더듬어보니 참치마요네즈 샌드위치다! 조금 거칠게 걸음을 멈춘 남자가 가방에서 요깃거리를 집어 든다. 가방은 열려 있다. 이제 행동할 시간이다. 지금 나가지 않으면 모든 게 원점으로 돌아갈 수도 있다. 나는 불안감에 온몸이 축축해진 채 숨어 있던 곳에서 기어 나와 남자가 점심을 먹으려고 앉은 벤치 아래로 몸을 숨긴다. 운동화, 단화, 뾰족구두, 샌들 들이 바로 내 앞을 지나간다. 개 한 마리가 내게 코를 들이민다. 다행히도 주인이 줄을 잡아당겨 개를 끌고 가지만, 지금 이대로는 위험하다. 더 안전한 은신처를 찾아야 한다! 벤치 아래의 은신처를 떠나 남자에게 들키지 않고 내 몸이 짓밟히는 일도 없이 무사히 길을 건너가는 건 유토피아에서나 가능할 것 같다. 반대 방향으로 인도를 가로지르면 광장 철문으로 갈 수 있지만, 오가는 사람이 너무 많다. 마침 갈색 종이 뭉치가 눈에 띄어 펼쳐보니 식료품점에서 사용하는 종이봉투다. 나는 그 안으로 들어가 손가락으로 구멍 다섯 개를 뚫은 후, 허접쓰레기로 위장하고 광장을 향해 달팽이 걸음으로 전진한다. 속임수는 완벽하다. 내가 변장한 것을 눈치채는 사람은 아무도 없고, 내가 위장한 봉투를 주워 쓰레기통에 버릴 정도로 시민 의식이 뛰어난 사람도 없다. 한 시간쯤 기어간 끝에 광장 철문 앞에 도착한다. 나는 창살 사이로 빠져나와 구겨진 종이봉투를 버리고 화단으로 뛰어들어 덩굴식물의 잎사귀 아래로 기어들어가 땅을 파고 숨는다. 너무 지친 나머지 긴장감도 조금씩 희석되고 의식은 땅속으로 점점 가라앉는다.

밤 동안 날씨가 너무 추워져서 더는 잠을 이룰 수 없다. 얼음처럼 차가운 공기가 뼛속까지 스며들어 몸이 부르르 떨린다. 덜덜 떨며 땅 밖으로 나와 추위에 곱은 손가락으로 잔디밭을 비틀비틀 걷는다. 갑자기 털투성이의 무언가가 풀밭에서 나를 짓밟고 바늘처럼 뾰족한 것이 내 손가락 마디를 깊숙이 관통한다. 고양이다. 그러나 고양이는 내 정체를 알아채지 못한다. 냄새와 외모에 당황한 고양이는 나를 누르던 발을 치우고 조심스럽게 내 주위를 맴돈다. 나는 항복한다는 뜻으로 손등을 땅에 대고 눕는다. 잠시 후, 고양이가 다시 체중을 싣고는 주둥이를 가까이 댄다. 식은땀으로 흥건해진 피부에 고양이의 입김이 느껴진다. 공포감이 엄습한다. 앞니에 살이 물어뜯기고 발기발기 찢기는 참을 수 없는 고통이 곧 닥칠 것만 같다. 하지만 고양이는 송곳니를 찔러 넣는 대신, 내 손끝에 턱을 연신 문지른다. 문득 고양이도 나와 마찬가지로 사람의 온기가 필요하다는 사실을 깨닫는다. 나는 손의 힘을 조금씩 풀고 고양이의 움직임을 따라 그를 쓰다듬는다. 목을 따라 더 아래로 내려갔다가 다시 주둥이로, 눈 사이로 올라간다. 곧이어 고양이가 가르랑거리고 고양이 몸에서 따뜻한 진동이 느껴진다. 진동이 내 영혼을 덥히고 점차 에너지를 충전시킨다. 30분쯤 나와 함께 있던 고양이는 이윽고 몸을 세우고 기지개를 쭉 켜고는 제 갈 길을 간다. 나는 감정을 추스르면서 죽은 듯 꼼짝하지 않는다.

천지를 뒤흔드는 소리가 한낮의 단잠을 깨운다. 잠깐 사이에 내 몸은 뜨거운 바람에 휩싸이고 풀잎으로 뒤덮인다. 잔디 깎는 기계가 내게서 불과 몇 센티미터 떨어진 곳을 지나가더니 바로 돌아서서 내 쪽으로 다시 다가온다. 나는 소시지용 고기가 되기 전에 황급히 잔디밭을 가로질러 허겁지겁 도망친다. 이미 혼잡해진 길을 피해 수령이 100년은 넘어 늙은 코끼리 가죽처럼 쭈글쭈글해진 나무를 향해 달린다. 처음엔 나무 밑에 굴을 파려다가 곧 마음을 바꾼다. 나무 꼭대기에 올라가면 노트르담 대성당의 탑에 있는 매들이 발톱으로 나를 낚아챌 수도 있으나, 밤에는 공공 정원에 서식하는 족제비들에게서 벗어날 수 있다. 나는 나무 위로 올라가 왕관 모양의 작은 나뭇가지들 사이에 자리를 잡는다. 나뭇가지는 나를 지탱하고 숨길 수 있을 만큼 튼튼하지만, 나를 쫓으려고 고양이가 올라올 정도로 단단하지는 않다. 나는 그곳에서 균형을 잡고 휘몰아치는 바람에 몸을 맡긴다.

한밤중에 얼음처럼 차가운 비가 내리기 시작한다. 나는 잠에서 깨어 추위를 이기려 나뭇가지 사이를 이리저리 거닌다. 그래도 얼어붙은 몸은 녹지 않는다. 다음 날도 하루 종일 추적추적 비가 온다. 햇빛도 받지 못하고 사람들과도 연결되지 못해 더는 에너지를 충전할 길이 없다. 열에 달뜬 의식이 점점 희미해진다. 동이 트기 전에 내린 서리가 손가락에 달라붙어 있다. 흡사 고슴도치처럼 뾰족해서 바늘이 잔뜩 박힌 주술 인형 같다. 최면에 취한 듯 몽롱한 정신으로 덜덜 떨면서 하루를 보낸다. 해 질 무렵에는 기력이 거의 소진되어 뇌가 스펀지처럼 구멍 뚫린 광우병에 걸린 소와 마찬가지로 몸을 일으켜도 옆으로 픽 쓰러지고 만다. 일어나려고 세 번째로 시도하다가 서리가 맺힌 나무껍질을 붙잡지 못하고 그만 허공으로 미끄러진다. 그 와중에 나뭇가지들과 부딪히면서 방향이 바뀌어 장미 덤불로 떨어진다. 벤치 등받이로 떨어지는 것보다는 충격이 덜하겠지만, 대신 장미 가시에 긁힌 피부는 여기저기 찢기고 생채기로 뒤덮인다. 의식을 잃기 직전에 멍이 들고 가시에 찔리고 손가락에 금이 가고 완전히 힘이 빠진 채 바닥에 나동그라진 내 모습을 본다. 이제 내가 할 수 있는 일은 포식자가 와서 나의 탈출에 종지부를 찍어주기만을 기다리는 것이다.

내 안에 있는 생명의 불꽃을 되살리는 데는 가느다란 햇살 한줄기로도 충분하다. 희망이 조금 보인다. 그래도 몸을 뒤덮은 장미 가시와 멍과 동상을 보니 지난밤의 끔찍했던 기억이 되살아난다. 나는 손가락 하나 까딱하지 않는다. 지금은 그럴 힘도 없다. 그러나 잘 알고 있다. 운명이 내 손을 잡으러 선뜻 와주지는 않으리란 사실을. 이 상황에서 벗어나려면 어떻게든 혼자서 앞으로 가는 수밖에 없다. 어떤 기적에 의해 내 생명의 빛이 다시 켜졌는지는 몰라도, 나는 결국 손가락을 하나하나 펴고 눈곱만큼씩이나마 아픈 몸을 끌고 가는 데 성공한다.

가장 가까운 길로 가려면 화단을 넘어야 한다. 고작 2미터에 불과하지만 지금 상태로는 건장한 성인 남자가 아마존의 절반쯤 되는 거리를 횡단하는 것과 같다. 때마침, 벤치 바로 옆에 서 있는 휠체어가 보인다. 휠체어 주인은 담뱃불을 붙이고 있다. 나는 안간힘을 쓰며 휠체어 발판을 붙잡고 몸을 들어 올려 깁스한 발에 살짝 기댄다. 남자가 다시 출발한다. 무릎을 덮은 체크무늬 담요가 발까지 내려와서 사람들의 시선을 피해 숨어 있기에 안성맞춤이다. 몇 분 후, 우리는 고통의 정원을 나와 인도로 들어선다. 길 하나를 건너고 또 다른 길을 건너자마자 도움의 손길이 나타나 휠체어를 잡고 계단 위로 올려준다. 내 동료 손들의 관대함이 자랑스럽다. "마음은 손에 있다"라는 말이 있지 않은가? 우리는 곤경에 처한 사람에게 '손을 내밀고' '손을 빌려준다'. '도움의 손길'은 너그러운 행동이지만 발길질은 폭력이다. 그래도 지금은 차별의 말을 할 때가 아니다. 기독교인의 신이 기거하는 집에서는 더욱 삼가야 한다. 우리는 지금 막 성당 문턱을 넘고 있다.

휠체어가 고해성사실 부근에서 멈춘다. 나는 발판에서 내려와 고해성사실 안의 사각지대로 몰래 숨어든다. 신부님의 발이 내 옆에 있다. 그의 낮은 목소리가 작은 공간에 울려 퍼진다. 나는 세 시간 동안 장미 가시를 뽑으며 바닥을 통해 느껴지는 인간의 존재로 에너지를 채운다. 좀 더 시간이 지나 대리석 바닥에 부딪히는 마지막 신도의 발소리가 사라지고 커다란 문이 쾅 닫히자, 나는 숨어 있던 곳에서 빠져나와 정신을 맑게 하고 거미줄을 제거하려고 성수대에서 몸을 씻는다. 차가운 공기에도 아랑곳하지 않고 나는 몇 시간이고 그곳에 머무르며 개구리처럼 물장구치고 즐긴다. 그렇게 시간을 보내고 나니 성수에 닿은 손가락 모두 자력 에너지로 충만해지고 기운을 되찾은 느낌이 든다. 활력이 생기니 이번에는 호기심이 발동해 찬찬히 주변을 둘러보기로 한다. 내가 이런 표현을 쓰는 건 좀 이상하지만, 성당에 발을 들인 건 이번이 처음이다. 나는 제단에 올라 감실을 구경하고 축성된 제병과 포도주병을 만져본다. 별안간 무언가가 슬쩍 스치는 감촉에 소스라치게 놀란다. 경악스럽게도 겁 없는 회색 생쥐들이 나를 둘러싸고 있다. 생쥐가 있다는 건 들쥐가 없다는 방증이기도 하지만, 그런 사실도 전혀 위안이 되지 않고 두려움은 점점 커진다. 밤새 감실 안으로 들어가 숨어 있어야 하나 고민하던 중에 더 좋은 생각이 떠오른다. 나는 커다란 촛대의 양초들에 전부 불을 켜고 촛대 꼭대기에 자리를 잡는다. 따뜻하기도 하고 온갖 종류의 설치류를 피하기에도 좋은 안전한 피신처다.

다음 날 아침, 성물실 문이 삐걱거리는 소리에 천국처럼 행복한 잠에서 깨어난 나는 곧바로 촛대에서 내려와 고해성사실의 은신처로 돌아간다. 사실 객관적으로 보면 성당은 내가 나의 구세주와 주인을 찾을 수 있는 마지막 장소일 것이다. 그래도 이제는 내 길을 가야 할 때다. 갑자기 성당 안으로 사람들이 들어오기 시작한다. 무슨 일인가 싶어서 생각해보니 주일 미사 시간이다. 젊은 여성이 내 은신처 근처에 유모차를 세우고 아기를 팔에 안은 채 옆 의자에 앉는다. 나는 주저하지 않고 유모차로 재빨리 올라가 아직 따뜻한 담요 속으로 깊숙이 파고든다.

잠에서 깨어난 나우펠은 커피메이커의 전원을 켰다. 웅웅 소리를 내며 헐떡이는 커피머신이 레퀴엠을 막 연주하기 시작했을 때, 문 두드리는 소리가 들렸다. 현관문 외시경 뒤에는 두꺼운 넥타이 때문에 무턱이 더욱 도드라지는 금발 남자가 서 있었다. 그는 자신의 인생을 바꾼 책에 관해 이야기를 나누고 싶다고 했다. 부모의 영향으로 책을 사랑하는 사람을 존중했던 나프나프는 남자를 집에 들이고 심지어 커피도 권했다. 커피메이커에서 우렁차게 커피가 내려오는 동안 남자를 하나밖에 없는 의자에 앉혔다. 그런데 무척 실망스럽게도 남자가 말한 책은 성경이었다. 나프나프는 순진하게도《몬테크리스토 백작》이나《잃어버린 시간을 찾아서》나《골짜기의 백합》에 대한 이야기를 들을 줄 알았다. 그래서 부모님이 프랑스 문학을 얼마나 사랑했는지 말하며 자신이 그의 말을 오해했다고 장황하게 설명했다. 금발 남자는 주의 깊게 경청하며 부모님에 대해 더 많은 이야기를 하게끔 부추겼다. 나프나프는 가장 중요한 사실, 즉 부모의 죽음을 이야기하기 시작했는데, 금발 남자는 그들이 죽지 않았으며 여호와 하나님 덕분에 그들을 조만간 다시 만날 것이라고 단언했다.

나우펠은 커피를 주겠다고 이미 말했던 터라 금발 남자에게 커피는 반드시 대접하고 보내야 할 것 같았다. 여호와의 대리인은 주님께 드린 기도를 통해 자신이 인생에서 이룬 놀라운 일들을 나열하기 시작했다. "무릎을 꿇고 성호를 그으면서 기도했어요?" 나우펠이 시큰둥하게 물었다. 남자는 숨이 턱 막혔다. 만일 누군가가 그에게 성호를 그으라고 강요하면 차라리 오른손을 잘라버리는 편을 택할 것이다! 나우펠은 몽당팔을 내밀고 냉소를 지으며 "나는 성호를 못 그어요"라고 퉁명스레 말했다. 잘린 손목을 보고 남자가 매우 불쾌해할 거라고 확신했는데, 그 행동은 오히려 "언제, 어디서, 어떻게?"라는 끝없는 질문만 불러일으켰을 따름이었다. 여호와에게 선발된 대표 선수 증인은 "여호와께서 그렇게 하시길 원하신 거예요"라고 말하며 나우펠을 위로했다. 나우펠이 언젠가 그 손으로 범죄를 저지를 것이 분명했기에 여호와께서는 큰 선하심으로 사탄에 속한 그 부분을 잘라버림으로써 다가올 시련을 면하게 해주셨다. 부스럼 사미도 그보다 더 나은 일을 할 수는 없었을 것이다. 남자의 말에 따르면, 모든 사람이 여호와께 의지하고 기도하면 세상에는 더 이상 전쟁도, 질병도, 죽음도 없다. 나프나프가 반박했다. "하지만 죽는 사람이 아무도 없으면 불과 몇 년 후에는 알티플라노★1 한복판에서도 걸을 때마다 다른 사람의 발을 밟게 될걸요?" 남자를 대접하는 집주인은 이런 종류의 세속적이고 보잘것없고 천박한 데카르트적 사고에 익숙한 듯했으나, 여호와는 그런 사고를 훌쩍 뛰어넘은 분이었다. 그래도 나프나프는 고집스럽게 답을 요구했다. "선택받은 사람들이 식민지를 만들러 우주로 간다는 건가요?" "누가 알겠습니까?" 여호와의 증인이 진리를 깨우친 사람의 분위기를 풍기며 불경한 자에게는 진리를 말할 필요가 없다는 투로 말했다. 그 대답을 듣자 나우펠은 그에 대한 흥미가 완전히 사라졌다. 그는 상대방의 무턱을 유심히 본 후, 손자국으로 얼룩덜룩한 문손잡이에 시선을 고정했다. 갑자기 더러운 방 상태가 거슬리기 시작했다. 가스레인지 위의 기름때, 선반 아래에 굴러다니는 먼지 뭉치, 때가 껴서 불투명해진 천창, 싱크대에서 썩어가는 그릇들, 회색으로 변한 카펫. 이 정도 상태에서는 집먼지진드기 무리도 집단 자살을 감행할 것 같았다. 그러던 중 선반 위에 놓인 작은 스프레이 통이 눈에 들어왔고, 갑자기 콜롬비아 스프레이 이야기가 생각났다. 그러면서 이 스프레이와 여덟 시간 동안 필름이 끊겼던 일이 상관이 있을 거라는 생각이 들었다. 넥타이를 맨 개종자가 여호와의 신도들과 함께 평생 누리게 될 진정한 친구 네트워크를 자랑하는 동안, 나우펠은 스프레이 통을 집

★1 남아메리카 안데스산맥에 있는 고원.

어 들었다. 그는 마치 향수처럼 손등에 뿌리는 척하다가 방문자에게 스프레이를 분사했다. 남자가 재채기를 하고 눈을 비볐다. "따가워요?" 나우펠이 소심하게 물었다.

성경 판매원은 바닥에 웅크리더니 허공을 응시했다. 한동안 침묵하며 그를 관찰하던 나우펠은 느닷없이 여호와께서 알라의 화장실을 청소하는 것이 마땅하다고 선언했다. 판매원은 즉시 고개를 끄덕이며 인정했다. 나우펠은 그에게 오른손을 들어 이마에 얹으라고 명령하고는 성호를 다섯 번 연속으로 완벽하게 그리게 했다. 그러고는 여호와의 이름을 부르면서 팔뚝으로 주먹 감자 제스처★2를 취하게 했는데, 그는 고분고분 나우펠의 말에 따랐다. 영감을 받은 나프나프는 불쌍한 희생양을 싱크대 앞으로 데리고 가서 쌓여 있는 그릇들을 설거지하고 전부 닦아서 정리하게 했고, 남자가 일을 하는 동안 자기가 마실 커피를 새로 내렸다. 마지막 접시까지 닦자 나프나프는 벽을 닦기 시작했다. 그동안 남자는 슈퍼마켓에 가서 카펫 샴푸와 유리창 클리너를 샀다. 그가 돌아왔을 때, 나우펠은 벽이 평소에 보던 회색이 아니라 달걀 껍질 색이라는 것을 깨달았다. 카펫에 샴푸를 뿌려 박박 닦고 채광창 유리를 유리 전용 세제를 적신 넥타이로 닦아낸 후, 나우펠은 여호와를 믿어볼까 하고 진지하게 생각했다.

★2 주먹을 쥐고 다른 손으로 안쪽 팔꿈치를 치는 제스처로 심한 욕이다.

이제 나우펠에게 남은 일은 미스터 클린이 제정신을 차리기 전에 집에서 쫓아내는 것이었다. 나프나프는 판매원의 성경책을 집어 들고 따라오라고 말했다. 계단에서 그들은 러시아 할머니와 마주쳤다. 할머니가 나우펠을 보고 욕설을 퍼부었다. 그녀는 나우펠의 속셈을 꿰뚫어 보았고 그가 절대 자기 아들을 대신할 수 없을 거라고 단언했다. 그러면서 혼자 열이 올라 급기야 침을 뱉으며 비난했는데, 정신이 혼미한 금발 남자는 자기 외투에 침이 묻어도 아무런 대응도 하지 않았다. 나프나프는 그를 데리고 건물 아래로 내려갔다.

길모퉁이를 돌고 나서 나우펠은 계속 걸어갔다. 휴가 가는 길에 반려견을 버리듯 차마 길바닥에 남자를 버릴 수는 없었다. 볼가 거리에 이르렀을 때 나우펠은 그를 데리고 옛 철길의 버려진 철도 둑길 위로 올라갔다. 그들은 쓰레기와 잡초로 뒤덮인 선로를 따라가다가 뱅센 숲으로 이어지는 다리에서 멈췄다. 나우펠은 성경의 첫 페이지를 찢어 비행기 모양으로 접었다. 그러고는 제자에게 중앙 보호 구역의 난간을 통과하여 비행기를 날리는 법을 가르쳐주었다. 이어서 그에게 마지막 페이지인 1300쪽까지 한 장 한 장 계속 비행기를 접으라고 지시했다. 나프나프는 성실하게 종이비행기를 접는 남자를 내버려두고 아브롱 길과 샤론 대로를 한 바퀴 돌아 뱅센 숲길로 되돌아갔다. 옛 철길 다리에 다다랐을 때, 그는 나무 사이를 우아하게 미끄러지듯 활강하다가 주차된 밴의 앞 유리에 부딪혀 비행을 마치는 종이비행기를 보았다. 다른 종이비행기들도 옆으로 누워 중앙 보호 구역에 어지럽게 놓여 있었다. 나뭇가지에 매달린 채 바람이 불어와 빠져나가기를 기다리는 종이비행기도 있었다. 그때 난간 사이로 금발 남자의 손이 나타나 오도 가도 못하는 비행기를 풀어 주었다. 그 비행기는 반 바퀴를 돌아 날아가다가 다리 기둥에 부딪혔다. 나우펠의 눈앞에서 대여섯 살 된 어린 소년이 떨어져 있는 종이비행기를 하나 집어 들고 신나게 다시 날렸다.

나우펠은 입가에 조소를 머금고 집으로 돌아왔다. 주머니 속에서 꽉 쥐고 있는 작은 스프레이에는 알라딘 램프의 지니보다 훨씬 유능한 지니가 들어 있었다. 만일 UN이 소방헬기에 이것을 비치해놓는다면, 전쟁이 발발한 모든 지역에 살포하고 나서 전투원들에게 눈가리고 술래잡기 놀이를 하라고 확성기로 명령만 해도 세계 평화는 해결될 것이다. 이 스프레이로는 무엇이든 가능했다. 셰에라자드에게 뿌려서 그녀가 모든 사람 앞에서 나우펠에게 사랑을 애걸하게 만들 수도 있었다. 마음만 먹으면 원하는 무엇이든 할 수 있었다. 그는 자기 구역의 진정한 주인이었다!

아기가 젖병을 달라고 울며 보채서 아기 엄마는 미사가 끝나기 전에 성당을 떠난다. 담요 밑에서 꿈틀거리는 작은 생명체가 불과 2~3센티미터 떨어져 있다. 무심코 손가락을 앞으로 내밀다가 덧버선을 신은 작은 발에 닿는다. 손가락은 물러서지 않고 접촉을 시도한다. 비극적인 절단 사고 이후 처음으로 인간과 직접 닿은 이 순간이 나를 강렬하게 물들인다.

우리는 좀 더 멀리 두 블록 떨어진 건물에 들어선다. 집 안으로 들어왔을 때, 나는 아기 엄마가 포대기로 싼 아이를 들어올리기 전에 매트리스 아래로 뛰어들고, 그들이 방에서 나가자마자 푹신한 카펫 위로 재빠르게 내려가서 근처에 있는 옷장 밑에 숨는다. 왠지 모를 희망에 부푼 나는 행복한 잠으로 빠져든다.

갑작스레 잠에서 깬다. 거대한 빨판이 내 손등의 피부를 움켜쥐고 있다. 가해자는 나를 삼키는 데 실패하자 그 대신 은신처에서 끌어내려 안간힘을 쓴다. 순식간에 벌어진 일이다. 나는 카펫을 거머쥐고 손톱으로 옷장 뒤쪽을 꽉 붙든다. 포식자가 마침내 나를 놓아준다. 보아뱀처럼 보이지만 보아뱀이 아니라 진공청소기다.

괴물이 멀어지자마자 그 탐욕스러운 주둥이가 닿지 않는 옷장 바닥 널에 달라붙는다. 오후가 되자 엄마와 아이가 산책에 나선다. 현관문이 닫히는 소리가 들리는 즉시 집 안을 재빨리 탐색한다. 방 두 개, 작은 거실, 욕실이 하나인 아파트다. 세면도구를 얼핏 살펴보니 엄마와 아기 단둘이 살고 있는 듯하다. 세면대에 물을 받아 거품을 내고 한 시간 동안 몸을 담근다. 그러고는 들키지 않으려 아기방으로 돌아간다. 이번에는 옷장 밑이 아니라 옷장 안으로 들어간다. 잠옷과 유아복의 솜털 같은 촉감이 생기 넘치는 작은 몸으로 돌아가고 싶은 열망에 불을 지핀다. 옷장 안 한쪽에 남성복 몇 벌이 쌓여 있다. 나는 아기에게 더 쉽게 접근할 수 있는 밤이 되기만 기다리면서 옷걸이에 걸린 플리스 후드 재킷의 모자를 아늑한 해먹으로 삼아 잠이 든다.

TV에서 뉴스가 끝나자 젊은 여성은 아기를 침대에 눕힌다. 그녀는 아기를 껴안고 입을 맞춘 후, 천사의 둥지에 니트 담요를 덮고 방을 나간다. 만약을 대비해 기다린다. 아기 엄마가 냉동 애호박 그라탱을 먹으며 드라마를 보고 나서 아기가 잘 자는지 확인하러 온 적도 있었기 때문이다. 그녀는 담요 자락을 매트 밑으로 넣어 정리하고 마침내 아기방을 떠나 잠자러 간다.

조심스럽게 아기 침대의 한쪽 기둥으로 올라가 아이의 작은 몸에서 불과 1밀리미터 떨어진 곳에 손바닥을 편 채 움직이지 않는다. 아기의 심장이 뛸 때마다 고통스러울 정도로 강렬한 생명이 내게로 흘러 들어오는 것을 느낀다. 아기 역시 온기의 근원을 감지하고 내 쪽으로 몸을 돌린다. 아기의 손이 미지의 존재를 만지기 위해 더듬더듬 앞으로 나아온다. 감히 미동도 하지 못한다. 그때 수갑이 내 검지에 철컥 채워진다. 드디어! 내가 인간의 몸과 다시 연결되었다!

밤마다 아기는 내 존재에 익숙해진다. 일상은 날마다 비슷하다. 나는 엄마가 아기를 재우려고 안아주러 왔다가 다시 나갈 때까지 기다린다. 그녀가 방에서 나가면 나는 플리스 재킷 후드에서 빠져나와 자력에 끌리듯 아기에게로 가서 하나가 된다. 셋째 날 밤부터는 아기가 나를 기다린다는 것을 느낀다. 아기는 내 엄지나 검지를 꽉 쥐고 잠이 든다. 나는 플라스틱 기린 인형과 음악이 나오는 작은 코끼리 인형을 제치고 그가 제일 좋아하는 '애착 인형'이 된다. 그래도 아침에 엄마가 일어나서 젖병을 데우는 시간이 되면 플리스 재킷 후드로 돌아간다.

이제는 에너지가 넘쳐서 하루가 더 길게 느껴진다. 만일 아기 엄마가 매일 아침 출근 전에 아기를 어린이집에 보내지 않고 내게 맡긴다면 나는 아기에게 젖병도 주고 즐겁게 놀아줄 수도 있을 것이다. 그러나 나는 아기를 돌보는 대신, 손톱을 정리하고 안주인의 보습제를 테스트하며 시간을 보낸다. 혹은 거실의 소파 테이블에 앉아 손가락으로 동전 가장자리를 가볍게 튕겨 뒤집는 놀이를 하며 시간을 보낸다. 날씨가 좋으면 창틀에 누워 일광욕을 즐기고, 너무 지루하면 행인들의 머리에 빵가루 알갱이를 던지기도 한다.

주로 밤 동안이지만 날이 갈수록 나는 조그만 나의 복덩이와 깊은 유대감을 맺는다. 몇 시간이고 손끝으로 아기의 얼굴을 더듬으며 벨벳처럼 부드럽고 통통한 뺨을 쓰다듬고 접힌 목 속에서 길을 잃는다. 때때로 나는 아기 침대 안에서 미친 여자처럼 뛰어다니며 포동포동한 몸을 간지럽히고 주무르기도 한다. 아기의 눈이 장난감에 닿으면 장난감을 가져다주고, 자다가 공갈 젖꼭지를 잃어버리면 다시 입에 넣어준다. 나는 아기의 작은 손이 아직 하지 못하는 모든 일을 대신 처리한다. 이가 간지러우면 내 새끼손가락을 내밀어 씹을 수 있게 하기도 한다. 아기가 잠들면 아기 가슴에 납작 엎드려 호흡에 몸을 맡긴다. 내 존재와 무게가 아기를 안심시키고, 내가 그를 보호하고 있다는 느낌에 황홀경을 맛본다. 이런 밤에는 충만한 자신감으로 아기의 꿈과 하나가 되어 그의 손가락을 꽉 쥐고 잠이 든다. 그리고 부드럽고 기분 좋은 촉감을 느끼며 잠에서 깬다.

어느 날, 별다른 이유 없이 불시에 방에 들어온 아기 엄마는 처음에는 나를 장난감이라고만 생각한다. 그러나 나를 건드리는 순간 그녀는 공포에 가까운 반응을 보인다. 아기 침대에서 나를 끄집어내고 겁에 질려 비명을 지르며 혐오감에 사로잡혀 벽에 내동댕이친다. 나는 즉시 옷장 밑으로 피한다. 그녀는 아기를 안고 문을 쾅 닫고는 방을 빠져나간다. 나는 그녀의 손이 닿지 않는 옷장 꼭대기로 올라가서 그녀가 필시 아이를 안전한 유모차에 앉혀놓고 우산이나 프라이팬을 들고 돌아올 거라고 예상한다. 그러나 그녀는 문을 열고 들어와 다시 닫고는 구둣주걱을 손에 들고 문에 기대어 앉는다. 나를 없애기로 결심한 아기 엄마가 방 안을 샅샅이 수색하기 시작한다. 모든 걸 거꾸로 뒤집어엎고 옷장을 비우고 의자를 밟고 올라서서 위를 살핀다. 나는 문손잡이로 뛰어내릴 순간을 가늠하며 최후의 1분까지 기다린다. 다행히도 충격의 여파로 문이 저절로 열린다. 발키리★1가 돌격하기 전에 현관 복도에 있는 콘솔 아래로 몸을 숨길 시간은 충분하다. 그녀는 거실의 소파로 뛰어가 구둣주걱으로 쿠션을 두들기며 헤집기 시작한다. 나는 그 틈에 현관문으로

★1 북유럽 신화에서 주신인 오딘을 섬기는 여전사들.

도망쳤는데, 불행히도 열쇠는 문에 꽂혀 있지 않다. 아마도 거실의 낮은 탁자 위 핸드백에 열쇠를 다시 넣어둔 모양이다. 나는 현관 복도 코너의 수납장을 살짝 열고 두꺼비집을 내린다. 당황할 것이라는 내 예상과는 달리, 젊은 여성은 순식간에 뛰어와 전원을 복구한다. 그래서 나는 거실에 이르기도 전에 발각된다. 그녀가 구둣주걱을 휘두르며 돌진한다. 나는 차선책으로 주방을 향해 달려가서 마수필라미★2에 필적할 만큼 엄청나게 도약하여 조리대에서 펄쩍 뛰어올라 주인의 총애를 잃은 양념 병과 조미료가 보관된 주방 선반 위로 착지하고, 곧바로 건물 안뜰이 내려다보이는 쪽창을 향해 양념 병들 사이로 요리조리 달려간다. 느닷없이 느억맘★3 병이 나와 불과 1밀리미터 떨어진 곳에서 폭발한다. 요행히 뒤로 뛰어내린 덕분에 나사가 풀려 떨어지는 선반에 얻어맞는 참사는 피했지만, 대신 카레, 커민, 육두구, 카이엔 고추, 참깨 들과 같이 굴러떨어진다. 조리대로 떨어진 나를 향해 구둣주걱이 정신없이 날아오는 통에 바스마티 쌀이 가득 담긴 유리병이 깨진다. 이어지는 타격을 피하려고 옆으로 뛰어내리며 붙잡은 것은 건물 내부에서 지하의 쓰레기통으로 연결된 쓰레기 투입구였다. 나는 투입구 덮개를 열고 구원의 길을 향해 미끄러져 내려간다.

★2 벨기에 만화 캐릭터로 노란 털에 검은 반점과 긴 꼬리가 있는 동물. 얼굴은 고양이나 개와 비슷한데 행동은 원숭이와 비슷하다.
★3 베트남의 피시 소스.

나우펠은 작은 스프레이 통을 주머니에 넣고 다니면서 조준만 정확히 하면 한 번만 뿌려도 누구든 무력화할 수 있다고 생각했다. 검지로 버튼을 누르기만 해도 누구든 손아귀에 넣을 수 있었다. 그걸 사용하지 않아도 자신의 힘을 아는 것만으로도 자신감 넘치는 아우라가 뿜어졌다. 그 결과, 바퀴벌레 구멍에 틀어박혀 살던 그는 하루 종일, 때로는 밤늦은 시간까지도 파리 시내를 돌아다니며 시간을 보냈다.

인간 접촉 거식증에 걸린 것처럼 오랫동안 사람 만나길 꺼리던 나프나프는 이제는 인간과의 접촉을 탐욕스럽게 원하는 폭식증에 걸렸다. 그러다 문득 오랜 시간 배회할 때마다 자신이 무의식적으로 향하는 곳은 결국 기차역이라는 사실을 깨달았다. 서쪽으로는 리옹 역과 오스테를리츠 역을 거쳐 몽파르나스 역으로 향하거나, 동쪽으로는 생라자르 역을 경유하여 가르뒤노르 역으로 돌아오는 두 가지 주요 노선을 번갈아 다녔다. 그는 유령 승객들이 도착하는 모습을 지켜보았다. 출발하는 열차의 객차 위로 한 걸음씩 걸어 올라가 실체 없는 허깨비들과 동승했고, 투명 인간을 마중하러 나갔다. 오가는 사람들은 자신의 정신적 능력을 한순간에 완전히 상실할 위기에서 방금 벗어났다는 사실을 알지 못한 채 그를 스쳐 지나갔다.

나프나프는 비슷비슷한 부류들에 묻혀 살아가는 불쌍한 익명의 남자처럼 보였으나, 장갑에 손을 끼워 넣듯 그들의 뇌에 자신의 의지를 집어넣기 위해서는 단지 '칙' 하고 스프레이를 분사하기만 하면 되었다.

조물주나 다름없는 그는 흥분된 마음으로 역에서 역으로 거리를 돌아다니며 스프레이로 할 수 있는 모든 일을 상상했다. 예를 들어 매우 근엄한 시크교도 노인이라면 노인이 터번을 풀고 즉흥적으로 신나는 리듬 체조를 하게끔 시키는 것만큼 쉬운 일은 없었다. 노르역 터미널의 해산물 상인에게 명령하여 역 광장의 노숙자들에게 굴을 쟁반째 가져다주게 하는 일도 전혀 어렵지 않았다. 잘난 척하는 중산층 여성이 맞은편에 있는 식품점에 들어가서 소시지 줄로 줄넘기하며 나오도록 하는 일도 가능했다. 나우펠은 자신만의 판타지에 푹 빠진 채 다락방으로 돌아가 잠을 청하곤 했다.

어느 날 아침, 손에 부적을 쥐고 역으로 가려고 집을 나섰는데 길모퉁이에서 서인도제도 출신의 여성이 나우펠을 거침없이 멈춰 세웠다.

그녀는 카메라 앞에서 동네 생활과 관련해 이야기해줄 의향이 있는지 물었다. 마지못해 동의한 나프나프에게 그녀가 활달하게 악수를 청했다. 마르틴이라고 이름을 밝힌 그녀는 음향과 카메라를 담당하는 동료, 오로르와 가브리엘을 소개했다. 나프나프는 오로르를 보자마자 록키 오로르라는 이름을 떠올렸다. 프랑켄슈타인이 만들어낸 괴물이 성전환 수술을 하면 그녀의 모습일 것 같았다. 가브리엘은 자신이 여기서 무엇을 하고 있는지 갸우뚱하는 눈치였다. 갈색 앞머리 밑으로 그녀의 아름답고 부드러운 초록색 눈동자가 놀란 기색을 띠고 나타났다. 마르틴은 뇌이쉬르센에서 받았던 엘리트 교육의 흔적을 감추기 위해 자신의 피부색을 적극적으로 활용했다. 그녀는 이민자인 나프나프의 호감을 얻을 요량으로 유색인종 여성으로서 제도권 영화학교에서 성공하기 위해 얼마나 끊임없이 노력해야 했는지 장황하게 설명했다. 록키 오로르와 가브리엘은 피곤한 기색으로 시선을 주고받았다. 미래의 감독은 영화화할 예정인 '일종의 다큐멘터리'를 준비하고 있다고 했다. 다큐 콘셉트는 지역 사회에 뿌리내린 사람들의 이야기를 듣는 것이었다. '사회적 이슈'를 다룬다는 명분을 내세웠으나 그 콘셉트가 어차피 이민자와는 어울리지 않는다는 듯 설명은 권위적이었고 어딘지 모르게 거만하게 느껴졌다. 그녀 생각에 모든 인간은 평등할 수 없는 두 부류로 나뉘는데, 하나는 영화를 만드는 사람이고 또 다른 부류는 영화를 만들길 꿈꾸는 사람이었다.

가브리엘은 나우펠에게 카메라 렌즈를 들이댔고, 록키 오로르는 귀덮개 같은 걸로 둘러싼 장대를 머리 위로 치켜들고 흔들었다. 마르틴 루터 퀸★1은 나프나프에게 자기소개를 짧게 해달라고 부탁했다. 자동차 헤드라이트에 모습을 들킨 토끼처럼 당황한 나우펠은 이름도 제대로 말하지 못했다. 대신 그는 이 동네에서 오랫동안 살았다고 했다. 그리고 천연두 바이러스가 인간보다 훨씬 오래전부터 지구에 살았고 앞으로도 더 오래 살아남을 거라는 사실을 부인할 수는 없다며 횡설수설하며 말을 더듬었다. 문득 병원에 있던 노인의 수첩에 실린 시오랑의 문구가 떠올랐다. "저는 하이에나의 절망을 상상하는 능력이 놀라울 정도로 뛰어납니다." 마르틴 루터 퀸이 그의 출신을 물으며 나우펠의 말에 끼어들었다. 그는 셰익스피어가 《햄릿》에 쓴 유명한 대사를 본떠 "모로코 사람이 되느냐, 되지 않느냐, 그것이 문제죠"라고 말했다. 그 말에 가브리엘만 재미있어하는 것 같았다. 마르틴 루터 퀸은 나우펠이 이 동네에서 '유명한' 사람을 아는지 물어봤다. 그는 즉시 러시아 할머니, 필리파르, 부스럼 사미를 지목하면서 그들의 혈통을 미화하여 말했다. 나우펠은 세 사람

★1 마틴 루터 킹을 패러디한 이름.

을 소개해주겠다고 하고, 다음 날 약속을 잡았다. 가브리엘이 그에게 의미 있는 미소를 지었다. 나우펠은 그녀의 얼굴에 비치는 장난기 어린 우수에 현혹되었고, 그 얼굴은 헤어진 후에도 하늘을 나는 연처럼 눈앞에서 쉬지 않고 흔들리며 끊임없이 춤을 추었다.

거미줄이 늘어진 통풍구를 지나 건물의 쓰레기 보관소에서 빠져나왔더니 비교적 붐비는 길이 나왔다. 시각장애인용 리드줄을 착용한 안내견 한 마리가 내게 코를 대고 느억맘 소스가 밴 생활 쓰레기 냄새에 관심을 보인다. 개가 혀로 덥석 나를 핥으며 바닥에 대고 짓누른다. 개가 보이는 동정의 표시에 나는 리드줄의 복부 아랫부분에 매달려 조금이라도 길을 갈 용기를 얻는다. 처음에는 뜻밖의 동행이 불편했는지 몇 번이나 멈춰 서서 집요하게 내 냄새를 맡았다. 하지만 주인이 계속 재촉하는 바람에 다시 걷기 시작하고, 결국은 내 존재에 익숙해진다.

현재 위치를 파악하려고 애쓰면서 개가 가는 대로 따라간다. 어떻게 해야 내 주인을 찾는 행운을 맞이할까? 주인집 문을 두드리자고 지하철을 타는 위험을 감수할 수는 없다. 히치하이킹은 어떨까? 아니, 유일한 기회는 우연히 그를 만나는 것이다. 자력에 이끌리는 범위에 들어선다면 내 본능이 주인의 존재를 즉시 인식할 거라고 확신한다. 혹여 평소처럼 그가 아무것도 알아차리지 못해도 내 동생인 다른 손이 그의 옷깃을 잡고 나에게로 데려올 게 분명하다. 그러니 내가 할 수 있는 최선의 일은 거리를 돌아다니는 것이다. 더구나 시각장애인은 나를 보고 겁먹을 일이 없으니 그의 안내견은 이상적인 이동 수단이다. 이제 내 생명을 유지해줄 에너지 자원을 보충하는 문제가 남는다. 개와의 접촉은 아기와의 접촉만큼은 아니더라도 내 배터리를 계속 충전해주고 있다. 이들과 함께 있어야 할 이유가 늘어난 셈이다. 언젠가 이들이 엉뚱한 지역에서 돌아다니는 걸 알면, 그때 다른 방도를 생각하면 된다. 게다가 난 이미 이들과의 동행을 결정했다. 시각장애인은 앞을 볼 수 없는 사람들을 위한 세미나와 심포지엄에 참석하며, 안내견은 훈련소에 다닌다. 이러한 상황을 활용하여 올라탈 말을 바꾸고 다른 곳으로 가면 된다.

아파트에 도착하자마자 조심해야 한다는 본능에 반사적으로 소파 밑에 숨는다. 개가 소파 밑에 달라붙어 코를 들이밀고 바닥을 긁고 짖어댄다. 다음 순간, 시각장애인의 가늘고 유연한 지팡이가 나를 스치고 지나간다. 옆으로 피하다가 작은 고무공과 부딪힌다. 나는 지팡이가 찾을 수 있게 고무공을 약간 앞으로 민다. 공을 건드린 지팡이는 물건의 정체를 확인한 후 개에게 공을 굴리고, 개는 그 위로 달려든다.

남자는 침착하게 다시 자리에 앉는다. 그러나 휴식은 오래가지 않는다. 개가 한숨과 신음 소리를 내며 소파 밑으로 다시 코를 들이민다. 남자는 지팡이를 펴고 다시 나를 찾으려 한다. 나는 소파 밑의 나무 날을 따라 본 적도, 알지도 못하는 앙리 2세풍의 그릇장을 향해 미끄러지듯 움직인다. 하지만 소파 반대편에서 내 냄새를 맡은 래브라도 개와 함께 투우는 다시 시작된다. 앞 못 보는 사람 집에서 눈에 띄지 않게 지내는 건 생각보다 쉬운 일은 아닌 것 같다.

나는 급하게 전략을 변경하여 후퇴하는 걸 포기하고 래브라도의 주둥이를 쓰다듬는다. 멍청한 개는 주인에게 경고해야 한다는 분별력도 없이 나와 함께 노는 것을 즐긴다. 더 최악인 건 내가 아무것도 할 수 없는 상황에서 나를 평범한 공처럼 입에 물고 남자의 발 앞에다 갖다 놓는 것이다. 남자는 다행히도 책 읽기에 몰두하고 있어서 나를 밀어낸다. 손에는 손짓으로 말하는 기능 외에도 점자를 읽는 뛰어난 기능도 있다는 사실을 잊고 있었다. 또한 손은 손금을 통해 자신의 미래를 읽을 수 있는 유일한 기관이기도 하다. 그러니 솔직히 말하자면, 발 따위는 애초에 손에 비할 바가 못 된다. 옷이나 제대로 입고 온 다음에 얘기하든지! 참, 옷 이야기가 나왔으니 말이지만,

세련됨과 우아함에 있어서 양말과 장갑을 비교하는 건 불가능하다.

개는 허탈한 숨을 내쉬며 내게서 떠나 카펫 위에 눕는다. 개에게 다가가 머리 위로 올라가서 다정하게 귀를 문질러주자 개는 바닥에 등을 대고 누워서 발을 공중으로 뻗는다. 가슴을 쓰다듬을 때는 기쁨에 겨워 몸부림치며 발을 버둥거리고 꼬리를 흔든다. 그러다가 서서히 잠이 든다. 나는 따뜻한 개의 몸 위에 내 몸을 포갠다.

시각장애인 남자는 재택근무를 한다. 그래도 날마다 산책을 거르지 않고, 한번 나가면 한참 있다가 들어온다. 남자의 청각이 워낙 예민해서 낮에는 집 안에서 움직이는 걸 되도록 자제하는 중이다. 조금만 삐걱거리는 소리가 나도 그의 지팡이가 내 주변을 휘젓는 사태가 발생한다. 벨벳으로 만든 손처럼 조용히 다니려고 노력해도 내가 도착한 지 3일이 지난 후부터 가구들 밑에 쥐덫이 들어서기 시작한다. 땅이 지뢰밭이 되었다는 것을 알고 나서는 밤중에 돌아다니는 일도 자제한다. 조잡한 덫들이 있는 곳을 찾기란 어렵지 않으나, 까딱 잘못해서 방심했다가는 꼼짝없이 잡힐 수 있다.

일주일이 지나면서부터 래브라도가 나를 찾기 시작해서 결국 은신처로 피신하는 것을 포기한다. 은신처를 찾아 들어가려고 할 때마다 래브라도는 바닥을 긁거나 높은 소리로 낑낑대며 주인의 주의를 끌곤 한다. 결국 나는 개 바구니에서 함께 사는 것을 택한다. 래브라도의 발 사이에 들어가 개의 가슴에 기대고 누워 털에 손가락을 파묻거나 털 뭉치에 달라붙어 잠을 자면 따뜻하기도 하고 안심이 되기도 한다. 혀가 쉽게 닿을 수 있는 곳에 항상 내가 있다는 사실에 익숙해진 개는 주인이 사료를 준비하는 동안 기쁜 마음으로 펄쩍펄쩍 뛰며 주인의 발 앞에 나를 제물로 바칠 때를 제외하고는 별달리 귀찮게 하지 않는다. 그의 충동을 억누르기 위해 복도의 리놀륨 바닥에 진짜 공을 굴려주곤 하는데, 그러면 개는 힘차게 뛰어가서 공을 물고는 다시 공을 가져온다. 때로는 이런 짓을 수십 번 반복하기도 한다. 주인은 장난기 가득한 독립적인 개를 키우는 것에 지극히 만족해하는 눈치다.

어느 날 개가 주인 발 앞에 나를 내려놓는데 집주인이 슬리퍼 끝으로 내 새끼손가락을 밟는다. 그가 허리를 굽혀 나를 주우려고 해서 황급히 몸을 돌려 싱크대 아래로 후다닥 달려가다가 너무 서두르는 바람에 쥐덫에 손가락이 걸린다. 타는 듯한 통증이 가운뎃손가락을 파고든다. 앞을 못 보는 남자가 지팡이를 잡으러 뛰어가는 동안, 나는 강철 쥐덫에서 고통스럽게 빠져나와 절뚝거리며 방구석으로 간다.

그날부터 쥐에 대한 집주인의 공포는 강박으로 변한다. 남자는 점점 더 많은 덫을 설치하고 구석구석에 쥐약을 뿌리고는 바닥에서 삐걱대는 소리가 조금만 나도 지팡이를 펜싱 검처럼 잡고 펄쩍 뛰어오른다.

우리가 길에서 하는 탐색은 여전히 결실이 없고, 동거 게임은 점점 더 위험해진다. 동거가 더 지속되면 쥐를 기필코 잡아 없애겠다는 일념에 사로잡힌 집주인의 편집증이 심해져 퇴마 의식을 행할 수도 있다. 지금은 그의 눈앞에서 조용히 가운뎃손가락을 날리며 소심하게 도발하는 걸로 만족할 뿐이다.

반면에 래브라도와는 열정적인 애정과 신뢰를 나누고 있다. 나는 개를 간지럽히고 귀를 잡아당기고 털을 쓰다듬는다. 자정이 되어 집 안의 폭군이 수면제를 복용하면 긴장이 풀어진다. 피구 게임과 모의 전투와 침으로 범벅된 애무가 번갈아 이루어지는 시간이다. 가끔은 함께 웅크리고 잠들기 전에 찬장으로 기어 올라가 버터쿠키 프티뤼를 꺼내서 나의 놀이 친구에게 주기도 한다.

아침 산책을 하다가 갑자기 내 몸의 나머지 부분이 바로 저기에 있다는 확신에 압도당한다! 그러나 그 감각은 곧바로 사라진다. 나는 더 생각할 겨를도 없이 개의 리드줄을 놓고 자갈을 깐 포장도로로 뛰어들어 지나가는 사람들의 발 사이로 최대한 빨리 비집고 들어가 허겁지겁 뛰어다니다가 공황이 오기 직전에 멈춰 선다. 내 존재가 나를 버리고 있다! 내 몸이 점점 더 멀어진다! 소리를 크게 질러 부르고 싶지만 내 존재를 알릴 방법도, 목소리도, 캐스터네츠도, 길바닥에 내 이름을 표시할 분필도 없다. 신호는 이미 끊겼다. 내 몸과 영혼이 나 없이 떠나버렸다. 심지어 내 동생인 왼손도 나를 알아차리지 못했다. 내 모든 희망이 무너져 내린다. 나는 아무런 대책도 없이 망연자실하여 그곳에 머무른다. 래브라도는 나를 다시 입에 물고 데려가려고 주인에게 억지를 부려 발길을 돌리게 만들지는 않을 것이다. 내 운명은 이미 정해졌다. 제일 먼저 사람들에게 밟히고 혐오감에 휩싸인 눈들에 둘러싸인 후, 대학 연구실로 되돌아가 실습용 해부 교재로 쓰일 것이다. 하지만 의지가 꺾였는데도 나도 모르게 살아남아야 한다는 충동이 불끈 솟아오른다. 나는 인도 위에 서 있는 오토바이 바퀴살에 손가락을 걸고 옆에 달린 짐가방의 덮개를 열어 그 안으로 들어간다.

“불행이 집 문을 두드리면 자리를 내주라”는 아랍 속담이 있다. 하지만 불행이 집 안으로 들어와 눌러앉으면 어찌할까? 문밖으로 내쫓을 때마다 창문을 통해 다시 들어온다면 어떻게 해야 하나? 그날, 사촌 여동생 피펫 이후 처음으로 나우펠은 심장이 두근거렸다. 그리고 그는 가브리엘이라는 소녀를 찾기 위해 껍질을 깨고 나왔다. 촬영팀을 러시아 할머니 집으로 데려가기 전에, 그는 예전에 사촌이 자신을 화약 고문의 공범으로 만들었던 공터의 울타리 앞에서 세 사람과 만나기로 약속했다.

나프나프는 가브리엘이 두 명의 보호자와 함께 있는 모습을 보자마자 잠시 멈칫했다. 가브리엘은 생각보다 훨씬 예뻤다. 그녀를 실물보다 더 미화해서 기억한 것뿐이라고 생각했는데, 그 생각은 전혀 사실이 아니었다. 그녀는 그야말로 아름다움 그 자체였다. 다리의 털이란 털이 모두 곤두서서 다리가 털 달린 작대기로 변해버린 것만 같았다. 그는 깊게 숨을 들이마셨다. 공기에서 오렌지꽃 향기가 났다. 나프나프는 향에 취해 과감히 한 발짝 내디뎠다. 바로 그때였다. 너무나도 사악한 운명이 그의 어깨에 손을 얹었다. "잘 있었나, 나프나프." 조롱 섞인 인사말이 날아왔다. "라우프!" 나우펠은 얼굴에 피가 거꾸로 솟는 것을 느끼며 비명을 질렀다.

교도소에 이미 수감되어 있던 악명 높은 미치광이가 자신이 아미나타를 강간하고 살해했다고 자수했다. 압데라우프의 다른 혐의는 증거 부족으로 기각되었고 그는 무죄를 선고받았다. "그래도 네가 한 짓이라는 건 모두 알고 있어!" 나프나프가 울부짖었다. 사촌은 "뭐, 다들 그렇게 생각하지. 그래도 법은 법 아니겠어?"라며 비아냥댔다. "경찰은 내가 잘못을 저지르기만 기다리고 있지." 그는 자기 바지의 지퍼 부분을 가리키며 말을 이었다. "경찰은 틀림없이 여자 경찰을 보내 나를 유혹해서 수갑을 채우려 들겠지. 뭐, 상관없어. 난 이미 다른 계획을 세워놨으니까. 우선은 자유가 된 기념으로 술이나 마시러 갈 생각이야." 그가 말했다. 그러면서 뼈가 으스러질 정도로 나우펠의 팔을 붙잡아 뒤로 꺾었다. 그 순간 나프나프는 겁이 났다기보다는 실망감에 휩싸였다. 머릿속에 떠오른 단 하나의 생각은 가능한 한 빨리 도망쳐서 가브리엘과 그녀의 못생긴 두 동료를 찾으러 가는 것뿐이었다.

하지만 첫 번째 길모퉁이를 돌았을 때, 그는 상황을 깨달았다. 나프나프가 자기에게 어떤 감정을 품었는지 전혀 알지도 못하는 여자를 다시 만나기 위해 구실을 찾는 건 지금으로선 중요한 문제가 아니었다. 일단 목숨부터 보전하는 게 우선이었다. 예전에는 라우프의 눈동자를 보면 후안무치의 기색이 끊임없이 번뜩였는데, 지금은 선뜻 짐작할 수 없는 무표정으로 바뀌었다. 그는 교도소에 갇혀 있는 동안 더욱더 강해졌다. 사촌의 가학성을 잘 아는 나우펠은 애원하고 빌어봤자 그를 더 흥분시킬 뿐이라는 걸 알고 있었다. 그래서 차라리 건방진 태도로 사촌을 대하는 편이 낫겠다고 생각하고는, 사촌에게 프랑스 사법당국에 부당한 투옥에 대한 손해배상을 청구하라고 말했다. 그의 말에 라우프가 씩 웃었다. 그러고는 나프나프의 절단된 팔을 강제로 드러내고 소매를 걷어 올렸다. 몽당팔을 본 그가 즐거운 표정을 지었다. "이것도 나쁘지는 않지만 좀 더 근사하게 만들어주지." 그가 장담했다. 라우프는 자기가 감방에서 보낸 3년을 대신해, 1년에 2센티미터씩 쳐서 총 6센티미터를 나프나프의 팔에서 더 잘라내겠다고 했다. 그들은 캘리퍼스로 길이를 측정하고 잉크로 선을 그은 다음, 자동차 정비공 친구의 연마기로 튀어나온 부분을 모두 잘라낼 생각이었다. 성가신 문제가 하나 있다면, 정비소가 문을 닫고 직원들이 퇴근할 때까지 기다려야 한다는 것이었다. 그럼, 일단은 자유의 몸이 된 것을 축하하며 시간을 보내는 것이 좋겠다!

사촌에게 잡혀 예전에 핀볼 게임을 하던 담배 파는 술집으로 끌려가던 나우펠은 주머니 속에 숨겨진 작은 스프레이 통을 만지작거렸다. 그는 은밀하게 스프레이를 꺼내고 싶었지만, 라우프가 곧바로 손목을 잡았다. "천식이 생겼어. 이건 벤토린 흡입액이야." 나프나프는 〈대부〉의 말런 브랜도처럼 숨을 몰아쉬며 말했다. 그는 바에 들어서면서 벤토린을 목구멍에 뿌려 흡입하는 척했다.

이제 나우펠은 사촌의 의심을 사지 않고 적절한 순간에 스프레이를 꺼낼 명분을 얻었다. 문제는 압데라우프의 친구 두 명이 바에 들어오자마자 발생했다. 그중 한 명은 연마기를 들고 있는 정비공이었다. 다른 한 명은 브나이슈였다. 그는 빅벤이라는 별명으로 불렸는데 넓은 어깨 때문이 아니라 양아치들의 대장★[1]이었기 때문이었다. 한꺼번에 세 명한테 스프레이를 뿌리는 것은 비누를 떨어뜨리지 않고 샤워하는 것만큼이나 쉽지 않아 보였다. 라우프는 나우펠을 빅벤과 자기 사이에 팔꿈치가 닿을 정도로 바짝 끼워 앉혔다.

오전 11시밖에 안 됐는데도 그들은 파스티스★[2]를 주문했다. 미래의 고문관인 세 사람은 파스티스를 두 모금 만에 들이켰다. 나프나프는 목이 졸리는 기분을 느끼며 그들을 따라 했다. 웨이터에게 술을 더 채우라고 신호를 보낸 후, 라우프는 부하들에게 나프나프는 사촌인데도 자기와는 달리 자존감이 전혀 없다고 설명했다. 그는 자신의 주장을 뒷받침하기 위해 나프나프가 얼마나 비굴하고 어리석

★1 빅벤 시계탑을 상징하는 '종'과 '양아치'는 프랑스어로 동음이의어다.

★2 아니스 향이 나는 프랑스 술.

은지 강조하면서 여동생 피펫을 추종하던 숫총각들 이야기를 이어갔다.

나우펠은 바보 같은 미소를 지으며 동의했다. 술에 취한 그에게 상황은 점점 더 비현실적으로 느껴졌다. 라우프는 연이어 같은 감방에 있던 수감자에 대해 험담을 늘어놓았는데, 그자가 어찌나 어리석은지 사촌인 나우펠이 떠올랐다고 말했다. 나우펠은 그저 묵묵히 이야기를 들었다. 그와 1미터 떨어진 곳에서는 늙은 웨이터가 천장에 달린 TV로 축구 경기를 시청하고 있었다. 희끗희끗한 머리를 이마 위로 쓸어 올린 노인은 젊은 시절에는 미남이었겠으나 지금은 아름다움이 퇴색해 늙수그레한 모습이었다. 노인의 뒤쪽 벽 선반에 있는 퀴라소 술병과 마리 브리자르 술병 사이에 움직이지 않는 바퀴벌레 한 마리가 보였다. 경기는 긴장감이 넘쳤고 선수들은 서로를 극도로 경계하며 경기를 진행했다. 빠져나갈 기회를 엿보던 나프나프는 TV를 흘끔거리며 국제축구연맹이 시청률과 광고 수익을 유지하려고 도입한 새로운 규칙이 처음으로 적용되고 있다고 상상했다. 모든 공식 경기의 경기장에 인명 살상용 대인 지뢰가 매설되었고, 스포츠 베팅 참가자들은 점수뿐만 아니라 다리가 날아갈 선수의 이름도 맞혀야 했다. 나프나프는 문득 자기가 지금 상황에서도 경기에 정신이 팔려 언제 하이라이트를 맞이할지 기다리고 있다는 사실을 깨달았다. TV의 매력에 빠져 있을 때가 아니었다. 그는 의지를 다잡고는 TV 속 경기에서 빠져나왔다.

라우프가 지금 성토하고 있는 대상은 자기에게 빚을 진 케코스였다. "좀 유명해졌다고 처음을 함께한 동료를 잊는다는 게 말이 돼?" 그는 세 번이나 반복해서 말했다. 다른 두 사람도 맞장구치며 고개를 끄덕였다. 거기에서 조금 더 떨어진 곳에 있던 한 남자가 카운터로 다가가 팔을 괴고 앉았다. 니코틴 때문인지 얼굴이 온통 누렇게 떠 있었다. 작은 양처럼 보이는 살찐 푸들이 그의 옆에 있었다. 웨이터가 채널을 바꾸려고 리모컨을 집어 들었다. 나우펠은 TV에서 눈을 뗄 수가 없었다. 축구 경기가 르망 24시★1 중계로 바뀌었다. 비가 내린다. 우비를 입은 사람들이 헤드라이트를 켜고 와이퍼를 작동하며 쌩쌩 지나가는 자동차를 구경하고 있었다. 쇼를 더 흥미진진하게 만들고 수익을 두 배로 늘리려면 두 번째 레이스가 반대 방향에서 동시에 시작되어야 했다. 따라서 다른 경쟁자를 추월하는 선수는 다른 차와 정면으로 충돌할 확률이 50 대 50이었다. 어쨌든 지금은 아무 일도 일어나지 않았다. 나우펠은 화면에 박힌 시선을 억지로 눈앞의 벽으로 옮겼다. 바퀴벌레는 여전히 움직이지 않고 그곳에 있었다. 기름때에 들러붙어 죽은 게 분명했다. 그 순간의 나우펠 또한 사색 속에 들러붙어 있었다. 그는 아이였을 때부터 이따금 자신이 시간을 멈출 수 있다고 상상하곤 했다. 실제로는 시간이 계속 흐르고 있었고 얼어붙은 표면 아래에서 그 어느 때보다 유동적으로 흘러갔

★1 자동차 속도와 내구성을 겨루는 세계 최고 권위의 스포츠카 레이스.

으나, 그는 현재 순간에 대한 인식이 굳게 내버려둘 뿐이었다. 마비된 상태에서 훌훌 털고 빠져나와야 했다! 초침이 째깍째깍 흐를 때마다 그의 뼈와 살은 연마기와 점점 더 가까워졌다. 하지만 이 공포의 환영은 그를 마비시킬 뿐이었다.

다시는 가브리엘의 눈을 볼 수 없을 거라는 생각에 나우펠은 정신을 차렸다. 그는 자연스럽게 작은 스프레이 통을 꺼냈다. 나우펠은 라우프의 날카로운 눈빛을 보고 많은 양을 흡입하는 척했다. 절망만 하고 있으면 잔학 행위가 시작되기 전에 아무것도 느끼지 못하도록 스스로에게 스프레이를 실제로 뿌리는 방법밖에 없을 것이다. 나우펠은 마법의 무기를 주머니에 다시 넣는 대신 손바닥 안에 숨겨두었다.

압데라우프가 갑자기 몸을 숙여 신발 끈을 다시 묶었다. 나프나프는 팔을 늘어뜨리고 스프레이 통에 남아 있는 용액을 4분의 1 이상 그의 주둥이에 살포했다. 동시에 마취제에서 피어오른 구름을 피하려고 몸을 반대편으로 기울였다. 나프나프는 한참 동안 숨을 참았다가 다시 똑바로 앉았다. 그의 사촌은 죽은 사람처럼 꿈쩍하지 않았다. 주변의 피해도 만만치 않았다. 연마기를 들고 온 정비공 친구는 웨이터와 마찬가지로 정신이 몽롱해졌고, 공교롭게도 그들의 발 냄새를 맡으러 왔던 푸들은 눈이 뒤집혀 옆으로 뻗어버렸다. 빅벤은 파스티스를 홀짝이며 곁눈질로 TV를 보고 있었다. 나프나프는 빅벤이 반응할 틈을 주지 않고 재빨리 스프레이를 뿌린 후 사촌을 가게 밖으로 끌고 나갔다.

나우펠은 그날그날 일어난 문제만 대충 해결하는 성격이었으나, 이번에는 압데라우프가 제정신으로 돌아오기 전에 그를 무력화시키기로 결심했다. 자신의 생존이 달린 문제였기 때문이었다. 처음에는 잔인하긴 하지만, 라우프에게 지하철 밑으로 몸을 던지라고 명령해야겠다고 생각했다. 그런데 경찰서 앞을 지나다가 순찰차 앞에서 동료를 기다리는 여성 경찰관을 본 후 더 좋은 생각이 떠올랐다. 나프나프는 근처의 전화 부스에 미리 숨어서 라우프에게 여자 경찰관을 가리켰다. “저기 저 여자, 넌 저 여자가 너무 좋아, 네 손아귀에서 떨리는 그녀의 알몸을 느끼고 싶어, 어서, 그녀는 네 거야! 지금 당장 차 보닛 위에서 그녀를 가져, 어서!” 압데라우프는 어깨를 으쓱하며 여자를 향해 곧장 달려갔다. 그녀가 알아차렸을 때는 이미 일이 벌어진 후였다. 라우프는 여자 경찰관의 가슴을 움켜쥐고 보닛 위로 넘어뜨렸다. 잠시 후, 날카로운 비명과 격렬한 저항이 뒤따랐지만 그래도 여자 경찰관의 가슴이 완전히 드러났다. 경찰서에서 두 명의 경찰관이 득달같이 달려나와 라우프에게 달려들었고, 곤봉으로 그를 제압하기 시작했다. 전화기를 귀에 대고 있던 나프나프는 그 요란한 쇼를 한 장면도 놓치지 않았다. 두 경찰이 라우프를 바닥에 엎어놓고 수갑을 채웠다. 여자 경찰은 옷매무새를 다시 갖추기도 전에 라우프의 중요 부위를 힘껏 걷어찼다. 나우펠은 이제 한동안 사촌을 잊고 살 수 있었다.

촬영팀과 만나기로 했던 공터 울타리에는 아무도 없었다. 그런데 운 좋게도 포르트드뱅센 지하철역 앞에서 큰 키에 구부정한 록키 오로르의 모습을 발견했다. 그는 예정대로 필리파르와 러시아 할머니를 만나러 가자고 설득했지만, 마르틴 루터 킨은 이 동네에서의 촬영은 이미 끝났다고 딱 잘라 말했다. 나프나프는 버려진 옛 철길이 얼마나 매력적인지 떠벌리며 촬영을 이렇게 끝낼 수는 없다고 반박했다. 그러자 가브리엘이 다음 날 아침에 자기 혼자라도 다시 와서 촬영하면 어떻겠느냐고 제안했다. 나프나프는 얼마나 안도했는지 눈물을 흘릴 지경이었다. "그럼, 내일 봐요." 가브리엘은 그의 영혼을 어루만지는 옅은 미소를 지으며 내일을 기약했다.

오토바이가 거리를 달리는 동안 가방 속 내용물을 더듬어본다. 걸레, 점화 플러그 렌치, 수선용 접착 고무, 핸드백 등이 있다. 나는 가장 대범한 길을 선택해서 핸드백의 지퍼를 열고 여성용 물품들 속으로 비집고 들어가 숨는다. 오토바이가 멈추자 예쁜 손이 가방을 잡고, 동생 손인 오른손이 열쇠 꾸러미를 찾으려고 가방 속을 뒤진다. 갑작스러운 사람의 온기에 저절로 이끌렸지만 꾹 참고 접촉을 피한다. 하다못해 금속 열쇠에서도 자기 전류가 흘러 감전되는 것만 같다.

아파트 현관문을 넘어서자마자 핸드백이 소파 위로 떨어져 튕겨 나갔다가 다시 자리를 잡는다. 얌전하게 밤이 되길 기다리던 나는 이윽고 내 왕국을 둘러본다. 아파트는 작고 복잡하고 어수선하며 꽤 지저분하다. 숨을 수 있는 곳이 잔뜩 있다. 나는 침실로 들어가고 싶은 욕구를 참지 못하고 조용히 방으로 들어가 침대 밑으로 기어간다. 침대 밑판을 통해서도 생명의 기운이 흘러나와 내게 스민다.

다음 날 아침, 잠꾸러기 미녀는 알람이 울려도 듣지 못한다. 침대 옆 협탁 위로 올라가서 대신 알람을 끄고 싶은 충동이 몰려온다. 30분 후, 그녀가 벌떡 일어나 욕실로 뛰어간다. 샤워기 헤드를 제자리에 걸지도 않은 채 욕실을 나온 지 3분 만에 현관문이 쾅 닫힌다. 은은한 은방울꽃 향기가 복도로 퍼진다. 아직 식지 않은 따뜻한 침구의 유혹을 뿌리치지 못한 나는 그 안으로 들어가 모공 속으로 온기를 받아들인다.

에너지로 충만해진 나는 아파트 안을 둘러본다. 아름다운 집주인은 아기나 개, 고양이를 키우지 않고 혼자 살고 있다. 별로 깔끔하지는 않다. 요리도 자주 하지 않는다. 여행 기념으로 이국적인 민속 물건들을 모으는 것 같고, 사진 잡지를 읽는다.

욕실에서 그녀가 사용하는 은방울꽃 향수를 발견한다. 손바닥에 몇 방울 떨어뜨린다.

거실로 돌아와서는 젬베를 발견하고 손끝으로 가볍게 두드리며 즐겁게 시간을 보낸다. 조바심이 날 정도로 흥분이 몰려온다.

사랑스러운 주인은 규칙적인 생활을 하지 않는다. 하루 종일 외출하지 않을 때도 있고, 이틀 연속 들어오지 않기도 한다. 저녁에

나가서 밤늦게까지 돌아오지 않는 경우가 많다. 하지만 가끔은 정말 기쁘게도 늦은 오후에 책을 들고 잠자리에 들어 다음 날까지 침대에서 꼼짝하지 않을 때도 있다.

날이 갈수록 나는 과감하게 매번 조금씩 더 가까이 다가가려고 노력한다. 그녀가 책을 읽거나 전화할 때, 거실의 안락의자에 앉아 있을 때, 그저 밑에서 움직이지 않고 머무르는 대신 신발 뒤꿈치에 닿을 때까지 손가락을 앞으로 움직인다. 밤에는 침대 밑에만 있는 것이 점점 더 힘겨워져서 조심스럽게 이불 밑으로 기어들어가 침대 발치에 자리를 잡는다.

매혹적인 그녀가 일어나면 나는 바로 온기가 남아 있는 이불 속으로 기어가 흥분의 절정을 맛본다. 욕구가 점점 강해져서 점점 더 가까이 접근한다. 주인의 몸에 직접 닿지 않으려 주의를 기울이면서 베개 위의 머리카락을 만질 수 있을 때까지 전진한다. 그러고는 최소한의 안전거리로 돌아오기 전에 머리카락 몇 가닥을 조심스럽게 어루만진다. 잠이 깊이 들었다고 생각되면 가끔은 잠든 아름다운 얼굴을 향해 밀리미터 단위로 움직이고, 내 살갗에 따뜻한 숨결이 닿기를 기다린다. 지금까지, 심지어 내가 불행한 사고를 겪기 전에도 이런 황홀감은 경험한 적이 없다. 큰 위험을 감수해야 하지만, 마약처럼 중독되고 있다.

낮에 혼자 있을 때는 가끔 정신을 차리고 머리를 맑게 하려고 노력한다. 하지만 내 몸을 찾겠다는 결심은 어디로 갔을까? 합리적으로 따지면 나는 날마다 핸드백 밑바닥이나 아름다운 주인의 재킷 주머니에 숨어 따라다니며 내 진짜 주인을 찾을 기회라도 만들어야 한다. 그렇지만 도중에 예기치 않은 일이 발생해서 가짜 여주인과 강제로 헤어지게 될까 봐 두렵다. 차라리 그녀를 기다리며 손톱을 닦고 손가락으로 동전을 튕겨 굴리며 하루를 보내는 것이 좋다. 물론 이래봤자 아무것도 해결되지 않는다는 것을 잘 알고 있다. 점점 더 많은 위험을 감수할수록 결국에는 내 존재를 배반할 뿐이며, 내 열정에 대한 대가로 혐오와 증오만 뒤집어쓴 채 버림받는 고통을 겪을 것이다. 내가 속한 존재를 부정하고 동생을 포기하면 아무것도 남지 않고 나는 전부 잃을 것이다. 그날이 오면 도망치려 하지 않고 아프리카 조각상으로 누가 날 파괴해도 내버려둘 것이다. 이런 일이 일어나리란 건 이미 알고 있지만, 나는 그녀가 집으로 돌아오는 것을 조금은 더 열렬히 기다린다. 나는 공상에 잠긴다. 여주인이 마시는 차에 수면제를 타서 그녀가 자는 동안 오른손을 잘라내는 상상을 한다. 그 손을 쓰레기통에 던져버리고 그 자리에 내 손을 접합하도록 구조대에 연락하는 상상을.

압데라우프가 장기간 복역을 하게 되어서, 나우펠이 가브리엘을 만날 때 위태로울 만한 일은 아무것도 없어 보였다. 하지만 나우펠은 밤새도록 불안에 떨며 숨도 제대로 쉬지 못하고 한숨도 자지 못했다. 두 시간이나 일찍 약속 장소에 도착한 그는 가슴이 두근거렸다. 약속 장소로 가기 전에는 몽실몽실 솜 인형 황제가 나프나프에게 찾아와서 한 시간 넘게 아마존의 삼림 벌채로 인해 벌어진 비극에 대해 말했다. 그러고는 목이 아프다는 그에게 인후염 약을 가져다주러 다시 자기 집으로 올라갔다. 다행히도 황제는 일하러 가야 했는데, 그렇지 않았더라면 나프나프는 가브리엘을 만나러 집을 나설 때까지 그를 상대해야 했을 것이다. 갑자기 주황색 오토바이가 눈앞에 나타났다.

가브리엘이 인도로 올라와 시동을 껐다. 그녀가 헬멧을 벗는 동안 나우펠은 긴장을 풀기 위해 인후염 약을 입에 넣었다. 가브리엘의 미소에 화답하려던 순간, 그는 알약이 빨아먹는 약이 아니라 발포성 약이라는 사실을 깨달았다. 그는 거품이 부비동을 거쳐 콧구멍으로 넘어오기 전에 조금씩 삼켜야 했다. 가브리엘은 오토바이 가방에서 작은 카메라를 꺼냈다. 그녀가 약을 삼키고 있는 나우펠을 향해 에메랄드빛 눈동자를 들어 올리며 말했다. "자, 이제 가요." "네." 그는 입술을 꾹 다물고 우물우물 말했으나 입가에 희끄무레하게 떠오르는 거품은 어쩔 수가 없었다. 그녀가 오토바이에 자물쇠를 채우는 동안, 나프나프는 도랑에 알약을 뱉었다.

그들은 옛 철길의 가파른 둑길까지 조용히 걸었다. 사람들이 하도 많이 지나다녀서 마치 염소들이 만든 산길처럼 보였다. 잡초 속에 파묻힌 녹슨 철길에 다다랐을 때, 해가 구름 사이로 뚫고 나왔다. 얼룩덜룩한 낙서는 이전보다 훨씬 더 많아졌다. 시멘트가 조금도 보이지 않을 만큼 낙서로 완전히 뒤덮인 난간도 있었다. 버려진 철도를 걷는 가브리엘은 은하수 길을 걷는 몽상가처럼 보였다. 희미한 미소가 그녀의 얼굴에 떠올랐다. 따뜻하고 비현실적인 빛 속에서 나우펠은 문득 셰에라자드와 함께 이 은총의 순간을 경험했던 기억을 떠올렸다. 자석에 끌리듯 그의 시선이 가브리엘에게 향하자, 그녀가 미소를 지었다. 경계심 하나 없이 신뢰와 너그러움을 가득 담은 미소였다.

그들의 발길이 폐허가 된 기차역의 잔해가 흩어진 플랫폼 사이로 이어졌다. 다른 쪽 끝에 노숙자 한 명이 부서진 객차 의자에 앉아 있었다. 그는 옛 철길을 더 이상 사용하지 않는다는 안내를 받지 못하고 고집스레 이곳을 이용하는 승객처럼 보였다. 30년 넘게, 그는 여전히 기다리고 있었다. 자신을 지나치는 사람들에게도 전혀 관심을 두지 않았고, 로제 와인 한 병을 손에 들고 통신판매 카탈로그의 공구 항목을 읽는 데 몰두했다. 그 사람 근처까지 간 가브리엘과 나우펠은 서로 마음이 통한 듯 동시에 돌아섰다. 남자는 두 사람을 멍하니 곁눈질하며 로제 와인을 한 모금 쭉 들이켜고 다시 카탈로그로 눈을 돌려 블랙앤데커 사의 드릴을 들여다보았다.

몇 걸음 걷다가 가브리엘이 침묵을 깨고 대뜸 나우펠이라는 이름의 소리가 마음에 든다고 말했다. 가브리엘은 예의상 즉시 고개를 돌렸지만, 나우펠의 얼굴이 붉어지는 것을 보고는 웃음을 감추지 못했다. 나우펠은 '괴사, 관절염, 다래끼, 두드러기, 누공, 습진, 나병'의 앞 글자에서 따온 자기 이름의 철자가 '은총Grâce, 편안함Aisance, 아름다움Beauté, 웃음Rire, 지성Intelligence, 우아함Élégance, 경쾌함Légèreté, 빛Lumière, 광채Éclat'라는 단어들의 앞 글자로 이루어진 가브리엘이란 이름의 철자와 대등한 상대가 되었다는 사실이 도무지 믿기지 않았다. 나우펠이란 이름이 천편일률적이고 단조로운 롤러코스터 같은 데 비해, 가브리엘이란 이름은 뒷발로 딛고 일어선 말처럼 힘차고 우아했다.

둑길에서 거리로 이어지는 지점에 다다랐을 때, 아름다운 산책자는 사랑했던 남자와 6개월 전에 헤어졌다는 말을 불쑥 꺼냈다. 그녀는 이제 몽마르트르의 방 두 개짜리 작은 아파트에서 혼자 살고 있었다. '남자'라는 단어를 듣자마자 나우펠은 문득 숫총각, 난쟁이, 외팔이 남자라는 자신의 슬픈 상황과 '피펫'에 대한 트라우마를 떠올렸다.

"당신은 어때요?" 그녀는 당황스러울 정도로 솔직하게 물었다. 나프나프는 자신이 한동안은 길에서 그다지 끌리지도 않는 여자들 주위를 맴돌며 시시덕거리기도 했지만, 딱 한 번 진짜로 사랑했던 사람이 있었는데 사촌인 셰에라자드였다고 고백했다. 그러면서 아름다운 그 사랑 이야기는 그녀가 다른 '남자'를 만나 결혼할 때까지 지속됐고, 그 후 얼마간은 실의에 잠겨 살았으나 두 사람 모두 자신들의 사랑에 미래가 없다는 것을 알고 있었으므로 그런 결말이 최선이었다고 말했다.

속내를 주고받는 사이에 그들은 가브리엘이 오토바이를 세워둔 곳에 도착했다. 오토바이는 기적처럼 아무도 건드리지 않았고 여전히 그곳에 있었다. 헤어짐이 임박했다는 사실에 깜짝 놀란 나우펠은 가브리엘에게 자신을 나시옹 역에 내려달라고 부탁했다. 가브리엘은 흔쾌히 수락하고 오래된 오토바이에 올라타 시동을 걸었다. 나우펠은 짐칸에 앉아 가브리엘의 허리에 팔을 두르고 그녀에게서 풍기는 은방울꽃 향기와 눈꺼풀에 살랑이며 닿는 머리카락을 만끽하려 눈을 감았다. 그런데 왜 나시옹 역까지만 바래다 달라고 한 것일까? 내 인생처럼 부족하기만 한 야망은 얼마나 비극적인가!

출발한 지 얼마 안 된 것 같았는데, 목적지가 코앞이었다. 가브리엘은 지하철역 앞에 오토바이를 세우고 시동을 껐다. 헬멧은 여전히 쓰고 있었다. 그들은 잠시 침묵을 지켰다. 가브리엘은 서로 어색해하는 분위기를 즐기고 있었고, 나우펠은 긴장이 다소 풀린 상태였다. 그녀가 이미 사용한 지하철 티켓을 꺼내 그 위에 자기 전화번호를 적었다. 그녀의 미소에 나우펠은 키스하고 싶었으나 실권 없는 갱단 두목처럼 그 자리에 우두커니 서 있기만 했다. 그는 바보처럼 손을 흔들고 발길을 돌렸다. 그러다가 문득 그녀가 산책하는 동안 아무것도 촬영하지 않았다는 것을 깨달았다.

열 걸음쯤 걷다가 나우펠은 뒤를 돌아보았다. 한 시각장애인이 오토바이에 가로막혀 애를 먹고 있었다. 가브리엘은 안내견을 쓰다듬으며 그와 이야기를 나누었다. 갑자기 나프나프의 절단된 팔이 사고가 난 첫날처럼 아팠다. 가브리엘은 자리를 떴고, 상실감과 허탈감이 나우펠의 영혼을 짓눌렀다.

어느 날 오후, 세면대에서 손톱을 닦고 있는데 생각지도 못한 시간에 아름다운 주인이 집으로 돌아와 곧장 화장실로 들어온다. 나는 깜짝 놀라 거북이 껍질로 만든 네일 브러시를 바닥에 떨어뜨린다. 그러나 이상할 만큼 반응이 없다. 그녀는 내가 있는 줄도 모르고 욕조에 물을 틀어놓고 나간다. 겁에 질려 벌을 받을 각오를 하지만, 아무 일도 일어나지 않는다. 무슨 일이 있는지 보러 가야겠다고 마음먹은 순간, 욕조에서 물이 넘친다. 수도꼭지를 잠그고 침실로 건너간다. 주인은 침대에 누워 이미 깊이 잠들어 있다. 나는 매번 하던 것처럼 이불 밑으로 기어들어가 세상에서 가장 아름다운 발 바로 앞에 자리를 잡는다. 언급한 적은 없으나 나의 발 혐오증을 사라지게 해준 발이다.

이제 나는 점차 위로 올라가서 시트 위에 반듯하게 놓인 그녀의 왼손으로 다가간다. 손바닥에서 뿜어져 나오는 관능적인 열기에 압도되어 몇 센티미터 못 미친 곳에서 걸음을 멈춘다. 화장실에서 들키지 않았다는 기적에 감격하여 더 대담해진 나는 충동을 억제하지 못하고 다시 좀 더 다가가 그녀의 손바닥에 내 손가락을 슬쩍 댄다. 여주인을 깨울 수도 있으니 움직이지 않는 편이 좋다. 그러나 그녀의 피부에서 느껴지는 부드러운 열기에 점차 취해서 나도 모르게 더 많은 접촉을 시도한다. 나는 연인처럼 내 손가락을 그녀의 손가락과 얽는다. 그 순간 이성은 빛이 없는 작은 방에 갇혀 재갈이 물리고 관능적인 직관에 지배당한다. 그녀의 피부에 부드럽고 조심스럽게 가닿는다. 스치듯 살며시 둥근 어깨에 다다라서는 내 모든 체중을 그 위에 얹는다. 나는 그녀의 어깨를 감싼 채 가만히 머무른다. 그러다가 손가락에 점점 더 많은 힘을 싣는다. 저항은 전혀 없다. 오히려 내게 항복하고, 어서 정복하라고 부추기는 듯한 느낌을 받는다. 쇄골을 가로질러 살금살금 목으로 접근하여 더할 나위 없는 섬세함으로 쓰다듬고 어루만지다가 살랑이는 물결처럼 애무하며 가슴 쪽으로 내려가서 왼쪽 가슴으로 방향을 튼다. 가슴을 건드리지 않고 주위를 돌다가 이윽고 가슴과 완전히 하나가 된다. 내 피부의 모공에 달라붙은 체액과 파동에 취해 나는 점점 무아지경에 빠진다. 젖가슴을 주무르고 새싹처럼 봉긋 솟아오른 젖꼭지를 건드린다. 간지럽히고 꼬집고 무관심한 척 물러서다가 불시에 다시 잡고 문지른다. 나는 그렇게 노닥거리다가 몸을 굴려 다른 쪽 가슴을 붙잡는다.

이제는 지진이든 핵폭탄이든 세상 그 어떤 것도 내 손바닥 아래 물결치는 따뜻한 배를 따라 기어가는 황홀함을 막을 수 없다. 지금 나는 그녀의 비단처럼 부드럽고 무성한 덤불에 숨어 한참 동안 가만히 누워 있다. 그녀의 골반이 조금씩 활처럼 휜다. 검지, 중지, 약지가 벨벳 안테나처럼 위로 솟아 긴장하며 슬며시 끼어든다. 때로는 우악스러운 미친개처럼, 때로는 가볍게 춤을 추듯 놀이를 즐긴다. 손가락들은 비집고 들어가 벌리고 이리저리 탐색하다가, 섬세한 황금빛 잎과 함께 휴식하러 날아간다. 내 연인이 갑자기 등을 굽히고 허벅지 사이에 내 손가락을 가둔다.

예전에는 내가 속한 존재가 거장이나 화가나 조각가가 되기를 꿈꿨다. 그 모든 게 참으로 헛되다 싶다. 내 모든 열망이 완수된 곳은 바로 여기, 이 오아시스니까.

이런 순간을 다시 경험하고 싶다면 그녀가 깨어나 다시 정신을 차리기 전에 이곳에서 얼른 사라져야 한다는 생각이 번뜩 스친다. 잠자는 숲속의 공주가 나를 붙잡으려고 허벅지를 좀 더 조여도 내 젖은 손가락은 뱀장어처럼 슬쩍 미끄러져 빠져나간다. 카펫 아래로 내려간 나는 속옷을 보관하는 작은 라탄 서랍에 숨는다. 행복을 가눌 길 없어 젬베를 둥둥 치며 건물 전체를 깨우고 싶다.

며칠이 지났다. 나우펠은 아침마다 가브리엘에게 전화할 순간을 오후로 미뤘고, 저녁에는 다음 날로 미뤘다. 그는 이 역에서 저 역으로 사색에 잠겨 돌아다니는 일을 포기했다. TV 치료는 여전히 효과가 없었다. 심지어 병상 동료의 수첩조차 손에서 놓았다. 그러나 페소아의 다른 문장이 모두 희미해져도 한 문장만은 마음에 남아 머릿속을 맴돌았다. "영원히 떠나기 전날에는 해야 할 일이 아무것도 없다." 참으로 그랬다.

어느 화창한 아침이었다. 슈퍼마켓을 나서던 나우펠은 주머니에 있던 지하철 티켓을 만지작거리다가 가브리엘이 적어준 번호가 지워진 것을 발견했다. 그는 짙은 열패감에 사로잡혀 발걸음을 멈췄다. 순간 아이러니하게도 그 번호를 하도 많이 봐서 외우고 있을지도 모른다는 작은 목소리가 들려왔다. 놀랍게도 전화번호가 단번에 떠올랐다. 하지만 곧바로 적어두지 않으면 잠재의식이 의도적으로 혼란을 일으켜 번호를 헷갈릴 것이란 건 명백한 사실이었다. 필기 도구가 없었던 나프나프는 동네에 유일하게 남아 있는 공중전화 부스로 달려가 전화를 걸었다. 가브리엘은 곧바로 전화를 받아서 반갑다고 말했다. 나우펠은 옛 철길만큼이나 특이한 지역 명소를 열심히 추천했는데, 가브리엘은 그런 장소는 더 이상 관심이 없다고 했다. 그 대신 같이 점심을 먹자고 먼저 제안했다. 두 사람은 다음 날 1시에 본누벨 역에서 만나기로 했다.

나프나프는 어찌나 기뻤던지 가브리엘과 통화한 전화기를 집에 가져가서 모셔두고 싶은 심정이었다. 그는 자신의 운명을 바꾼 전화 부스를 기억에 새기기 위해 몇 번이나 뒤돌아보았다. 난생처음으로 제대로 된 번호에 전화한 건지도 모른다는 생각이 들었다.

오전 8시에 나우펠은 이미 전쟁터로 향할 태세를 마쳤다. 10시에는 과도한 유분을 없애려고 다시 샤워했다. 집을 나설 시간이 되었을 때, 그는 재빨리 강력 접착제로 운동화 밑창을 붙인 후 부젠발 지하철역으로 힘껏 뛰어갔다. 지하철이 본누벨 역에 도착했다. 약속 시간까지는 25분이 남아 있었다. 지하철 문이 열린 후 객차 밖으로 한 발짝 내디뎠는데, 지하철 안전봉에서 손을 뗄 수가 없었다. 손가락에 묻은 강력 접착제 때문이었다. 벨이 울리고 문이 다시 닫혔다. 지하철은 다음 역으로 출발했다. 그때까지만 해도 그 사건은

찰나의 역경이자 단순한 사고처럼 보였다. 다음 역에서 내리면 된다고 침착하게 생각했다. 하지만 곧 손바닥을 뜯어내지 않는 한 크롬 기둥에 붙어 벗어날 수 없다는 사실을 깨달았다. 그랑불바르 역에서도 이전 역에서처럼 객차 문이 바로 눈앞에서 열렸다가 닫혔다. 사람들은 그를 쳐다보다가 그의 고뇌에 찬 눈빛을 점차 외면했다. 쇼세당탱 역에 이르렀을 때 나프나프는 도움을 요청하기로 결심했다. 대부분의 승객은 그를 못 본 척했다. 어쩌면 그가 기둥에서 손을 떼고 나면 구걸할 거라고 생각했는지도 모른다. 나우펠이 당황할수록 사람들은 더욱더 그의 눈을 피했다. 그때 정장을 입은 뚱뚱한 여인과 눈이 마주쳤다. 그는 그녀에게 자신의 상황을 낮은 목소리로 설명했다. 여인은 잠시 그의 말을 듣더니 환승해야 한다며 지하철에서 내렸다. 콧수염을 기른 적갈색 머리 남자에게도 도움을 요청했는데 결과는 똑같았다. 지하철은 이미 알마마르소 역에 도착했다. 이에나 역을 지난 직후, 가정교육을 잘 받은 젊은 여성이 비상벨을 눌러주었다. 나우펠은 지하철 기관사에게 자신의 불운을 또다시 말해야 했고, 트로카데로 역 플랫폼에서 기다리던 두 명의 보안 요원에게도 재차 설명해야 했다. 그들은 교통에 너무 큰 지장을 주지 않기 위해 구급 요원이 종착역인 퐁드세브르 역으로 올 거라고 안내했다. 하지만 그곳에서도 도와주러 오는 사람은 아무도 없었다. 결국 40분가량 기다린 끝에 젊은 유라시아인이 도착했고, 그는 메스를 이용해 망막 수술에 준하는 꼼꼼함과 더딘 처치로 나프나프를 지하철 안전봉에서 풀어주었다.

나우펠이 붕대를 감은 손으로 반대 방향의 지하철을 다시 탔을 때는 이미 오후 4시가 넘은 시각이었다. 본누벨★[1]이라는 역 이름이 끔찍한 농담처럼 느껴졌다.

가장 간단한 해결책은 가브리엘에게 바로 전화해서 사실을 말하는 것이었다. 그러나 너무나 낙심한 나머지 도저히 전화할 기분이 아니었다. 나프나프는 어쩌면 이제는 자신에게 실망할 사람도 없을 거라고 생각하며 무거운 마음으로 축 처져 집에 돌아왔다. 자신이 인생에서 승리하지 못한 사람들에 속한다는 걸 인정하고 싶지 않으면 눈이 머는 수밖에 없는지도 모른다. 필리파르의 말이 옳았다. 자기가 이곳에서 사는 덕분에 시골 마을 어딘가에서는 경쟁력 없는 사람이 하나 사라진 셈이니까.

나우펠이 복도를 지나갈 때 폭신폭신 솜 인형 황제가 그에게 말을 걸려고 자기 집 문을 열었다. 나프나프는 처음으로 용기를 내서 그를 물리쳤다. 하지만 집에 들어와 문을 단단히 잠그자마자 주먹으로 문을 쾅쾅 두드리는 소리가 났다. 자신의 보잘것없는 승리를 기뻐할 겨를도 없었다. 나우펠은 물렁물렁 풍선 씨의 공격에 놀라 현

★1 Bonne-Nouvelle은 프랑스어로 '좋은 소식'이란 뜻이다.

관문 외시경에 눈을 갖다 댔다. 세상에! 압데라우프였다. 사납게 으르렁거리는 그의 얼굴을 보는 순간 모골이 송연해졌다. 나프나프가 할 수 있는 첫 번째 대응은 스프레이를 들고 사촌이 문을 부수고 들어올 때까지 기다렸다가 잘 조준하여 쏘는 것이었지만, 그가 무장한 상태일 수도 있었다. 극도로 경계하고 있으리라는 건 말할 필요도 없었다. 고통 없이 이대로 끝내기 위해 자신에게 스프레이를 뿌릴까 잠시 고민하던 나프나프는 문득 채광창으로 탈출하여 지붕을 따라 미끄러져 내려가면 되겠다는 생각이 들었다. 그는 공중에 매달려 있는 불안정한 빗물 홈통의 가장자리에 발을 딛고 서서히 체중을 실었다. 그런 다음, 슬래브 지붕에 뺨을 찰싹 붙이고 홈통 밑으로 조금씩 조금씩 미끄러져 내려갔다. 조심스러운 발걸음 아래에서 지지대가 뒤틀리고 삐거덕거렸다.

지금 나우펠에게 떠오르는 것은 오로지 가브리엘의 얼굴뿐이었다. 살아남는 것만이 언젠가 그녀를 다시 볼 수 있는 유일한 방법인 듯했다. 그리고 여기서 살아 돌아간다면 지체하지 않고 처음 보이는 전화 부스에서 그녀에게 전화를 걸겠다고 다짐했다.

옆집 창틀을 잡자마자 라우프가 미친 듯이 어깨로 문을 쳐서 나우펠의 집 문이 부서지는 소리가 났다. 깃털로 만든 거인은 나프나프가 자기 집 창문으로 들어오는 것을 보고도 놀라지 않았다. 오히려 그 기회를 틈타 나우펠에게 미처 하지 못한 말을 전했다. "당신 사촌 압데라우프가 플뢰리메로지에서 탈출했어요!" "알아요." 나프나프는 위험을 무릅쓰고 복도를 내다보며 말했다. 복도가 빈 것을 확인하고 그는 계단을 네 칸씩 뛰어 내려갔다.

그는 지하철로 달려가 무작위로 환승하여 생드니 대성당으로 이어지는 노선의 종점에서 내렸다. 그러고는 다짐했던 대로 역에 있는 전화 부스에서 가브리엘에게 전화를 걸었다. 전화벨이 공허하게 울렸다.

그는 전화를 끊고 막막한 심정으로 주위를 둘러보았다.

나프나프는 가장 싼 숙박업소를 찾기 시작했다. 밤이 깊었을 때, 수중에는 커피 한 잔 마실 돈이 겨우 남아 있었다. 자정이 되기 전에 그는 다시 지하철역의 공중전화 부스로 가서 전화를 걸었다. 가브리엘은 여전히 집에 없었다. 나우펠은 익명의 외팔이 사내 신분으로 싸구려 호텔 방에 머물면서, 낡고 녹슨 라디에이터가 벽에 남긴 자국을 물끄러미 바라보며 밤을 지새웠다.

다음 날, 내 연인은 밖에 나가지 않고 집에 머무른다. 그녀는 오후가 다 되어서야 일어나 샤워를 하고 머리를 감는다. 그러고는 봄맞이 대청소를 시작한다. 시트와 이불 커버를 갈고 베개를 털고 매트리스를 뒤집는다. 그동안 나는 팬티, 스타킹, 브래지어 들 속에서 편안하게 휴식을 취한다.

저녁이 되자 내 사랑하는 여인은 바닷속을 찍은 사진집을 들고 일찌감치 잠자리에 든다. 나는 침대 밑에서 숨을 죽이며 침대 옆 램프를 끄려는 손이 내 쪽으로 내려오기를 기다린다. 그러고는 호흡이 깊어지기를 기다렸다가 이불 속으로 들어가 위험을 무릅쓰고 그녀의 피부에서 불과 몇 센티미터 떨어진 곳에 자리를 잡는다. 하지만 하룻밤을 같이 보낸 내 약혼녀는 평상시와 달리 뒤척이며 깊은 잠에 들지 못한다. 그녀에게 닿지 않도록 안전거리를 넓혀야 한다. 뒤척임이 몇 시간 동안 계속된다. 오늘은 살짝만 건드려도 깨어날 게 틀림없다. 그런데도 내 피부의 모공은 그녀를 갈망하고 내 의지력은 매혹적인 육체를 앞에 두고 무참히 스러진다. 나는 그녀의 발목에 스칠 만큼 가까이 붙어 조심조심 앞으로 나아간다. 그녀가 움찔하는 바람에 곧바로 얼어붙는다. 내 상냥한 여인은 반쯤 잠든 상태에서도 무의식적인 불안감을 느끼며 무언가가 있는지 확인하려고 발목을 앞으로 움직이다가 나를 건드린다. 나는 뒤로 물러나 꼼짝하지 않는다. 잠시 후 그녀가 다시 움직이고 우리의 피부가 맞닿는다. 나는 그녀의 발목을 천천히 애무하며 살포시 안는다. 피부에 닿은 순간적인 감촉에 그녀는 두려움에 사로잡히고 나는 모든 행동을 멈춘다.

사지에 몰린 그녀가 비명을 지르며 펄쩍 뛰어오르기 직전이다. 나는 그녀에게 내가 불순한 존재가 아니라 안심할 수 있는 존재라고 느끼게 하려고 발목에 가한 힘을 그대로 유지한다. 그녀에게서 두려움은 점차 사라지고 호기심이 생기기 시작한다. 신경과 근육의 긴장이 살짝 풀리는 것도 느껴진다. 마치 다시 잠이 든 듯 호흡도 차츰 안정되고 있다. 아니면 의도적으로 의식을 배제하고 감각에 몸을 맡긴 것일 수도 있다. 움직여도 된다는 생각에 나는 반대쪽 발목을 덩굴처럼 감는다. 그러고는 아라베스크 문양처럼 우아한 곡선을 그리며 그녀의 다리를 따라 올라가서 엉덩이를 껴안고 내 손가락이 한없이 부드러워지는 곳까지 내려간다. 또다시 찾아온 쾌감이 불시에 그녀의 등을 둥글게 휘게 만들고 그녀는 허벅지를 조여 나를 가둔다. 나는 바로 빠져나와 침대 밑으로 다시 들어간다.

애무가 중단되자마자 이틀 밤을 같이 보낸 내 약혼녀가 벌떡 일어난다. 그녀는 불을 켜고 목욕 가운을 입고는 계단으로 나 있는 문을 포함한 아파트의 모든 문을 열어젖힌다. 그리고 주방 선반과 침대 밑까지 불안하게 훑어본다. 순식간에 벌어진 일이라 내게는 침대 밑에서 튀어 올라 침대 밑판을 잡고 있을 시간밖에 없었다. 마침내 침대에 다시 누운 그녀는 아침이 될 때까지 사방을 살피며 뜬눈으로 지새운다.

우체국이 문을 열자마자, 나우펠은 국가에서 받은 장애연금을 전부 현금으로 인출했다. 그는 가브리엘에게 다시 전화를 걸었다. 가브리엘은 벨이 여덟 번 울리고 나서야 졸린 목소리로 전화를 받았다. 터무니없는 이야기이긴 했지만, 토끼 때문에 점심 약속을 지키지 못했다는 나프나프의 변명은 별다른 의심을 사지 않았다. 가브리엘은 오후에 평화 카페에서 한잔하자고 제안했다. 그러면서 마지막으로 하품을 한 번 더 하고 전화를 끊었다.

나우펠은 지하철 탈선이나 도로 붕괴 혹은 압데라우프와 불시에 마주치는 일 같은 불의의 사고에 대비해 슈퍼마켓에서 세면도구와 새 옷을 산 다음, 세 시간 일찍 약속 장소로 향했다.

두 시간 반 동안 카페테라스에 앉아 기다리면서 커피를 다섯 잔 마시고 뜨거운 햇볕을 계속 쬐어 일사병에 걸릴 무렵, 무릎 위에 닿는 기장에 허리에 딱 붙는 새빨간 원피스를 입고 다가오는 가브리엘이 보였다. 그녀는 그를 보지 못하고 지나쳤다. "그브를……! 그브를……!" 그는 그녀의 이름을 제대로 부르지도 못했다.

잠시 후, 젊은 여성이 그의 맞은편에 앉았다. 서로의 무릎이 살짝 스쳤다. 대화를 잘 이끌어가기 위해 중간중간 침묵하여 살짝 어색한 분위기를 더해야겠다고 생각했던 나우펠은 아예 처음부터 침묵하는 편이 좋다고 판단했다. 난데없이 햄 한 조각이 하늘에서 내려와 바로 그들 옆의 길바닥에 철썩 떨어졌다. 마치 침묵의 순간을 깨뜨리려고 나타난 것만 같았다. 마침 그 옆을 지나가던 아주머니가 깜짝 놀라며 걸음을 멈췄다. 그 여성은 한 손에는 바퀴 달린 여행 가방을, 다른 한 손에는 스패니얼 개의 목줄을 잡고 있었다. 개가 목을 쭉 내밀어 햄 조각을 두 번에 걸쳐 삼켰다. 그러고는 햄이 소나기처럼 쏟아지기를 기대하듯 주둥이를 허공으로 향했다. 그랜드 호텔 3층에서 파키스탄인 두 명이 샌드위치를 손에 들고 창틀에 기대서 있었는데, 그중 한 명이 옆 사람에게 원치 않는 햄 대신 넣으라고 그뤼에르 치즈 조각을 건네고 있었다. 개를 데리고 가는 아주머니는 파리를 방문한 시골 사람처럼 보였다. 나우펠은 즉석에서 이야기를 꾸며냈다. 작은 시골 마을로 돌아간 스패니얼은 자기를 둘러싼 동료 개들에게 파리에서 체류하는 동안 경험했던 놀라운 이야기를 들려주었다. 파리의 유명한 특산품인 '파리의 햄'이 하늘에서 통째로 떨어졌다는 말을 듣고 모든 개가 침을 흘렸다. 나우펠의 이야기가 끝나자 잠시 침묵이 흘렀다. 가브리엘은 초등학교 5학년 때 첫 파티가 열렸는데 남학생과 키스하고 싶었으나 하지 못했다고 털어놓았다. 그리고 다음 날 아침에 일어나니 혀가 새파란 색으로 변해 있었고, 어린 마음에 그녀는 자기가 키스하고 싶어 해서 혀 색깔이 변했다고 확신하고는 아무에게도 말하지 않았으나, 알고 보니 파티에 참석했던 학생은 모두 예외 없이 혀가 파래진 채 잠에서 깨어났는데 과일 주스에 섞인 블루베리 때문이었다. 나우펠과 가브리엘은 카페테라스에서 일어나 목적 없이 걷기 시작했다. 함께 걷는 동안 그녀는 진짜 첫 키스는 그 사건 이후 2년이 지나서였는데, 마치 재미없는 농담 같았다고 얘기했다. 그녀와 상대 남자애는 너무 서툴러서 눈을 감고 비틀거리다가 인도에 세워놓은 피자 배달 오토바이와 부딪혔다. 그리고 그 옆에 일렬로 세워져 있던 오토바이 스무 대가 도미노처럼 줄줄이 쓰러졌다. 몹시 당황한 소년은 냅다 도망쳤고, 그녀 혼자서 쓰러진 오토바이를 모두 세워야 했다. 그 일을 인연으로 배달원 한 명이 그녀에게 대시했고, 두 사람은 2년 동안 사귀었다.

가브리엘이 개똥을 밟으려는 순간, 나우펠이 그녀의 손을 잡고 다른 쪽으로 발을 딛게 했다. 그러고는 손을 완전히 잡은 것도, 놓은 것도 아닌 채로 산책을 이어갔다. 만약 압데라우프가 불쑥 나타나 배에 총알 두 발을 갈긴다 해도—그건 불가능한 일도 아니었다—나프나프는 마법과도 같은 이 순간을 깨뜨리지 않기 위해 아무 일도 없었다는 듯 계속 걸었을 것이다. 하지만 가브리엘의 손을 꽉 잡지 않은 탓에 그녀의 손가락이 나우펠의 손에서 모래처럼 스르륵 빠져나갔다. 그들은 교차로에 다다랐다. 차량 통행용 신호등은 녹색이었다. 신호등이 빨간불로 바뀌기를 기다릴 때, 가브리엘은 왠지 즐거운 기대감에 찬 눈빛으로 나우펠에게로 고개를 살짝 돌렸다. 순간 육체적 충동이 일었지만 즉시 억눌렀다. 그는 눈빛에 반응하여 행동하는 대신 말을 더듬기 시작했다. 그가 하는 말의 요지는 간단했다. 지금껏 그녀를 계속 생각했다는 것, 눈이 참 예쁘다는 것, 그리고 그녀가 정말 아름다우며 키스하고 싶다는 것이었다. 그 모든 말이 마구잡이로 뒤섞여서 한꺼번에 전달됐다. 나우펠은 가장 가까운 맨홀이 홀연히 열려 자신을 삼켜주기만을 고대하며 침묵에 빠졌다. 가브리엘은 너무 큰 상처를 주지 않기 위해 어떤 말을 선택해야 할지 고민하는 듯한 표정으로 나프나프를 물끄러미 쳐다보았다. 나우펠은 자신을 완전히 무너뜨릴 문장을 듣지 않기 위해 주머니에서 스프레이를 꺼냈고, 그녀에게 망각의 기체를 뿌렸다.

그가 처음 느낀 감정은 엄청난 안도감이었다. 스프레이의 소급 효과 덕분에 가브리엘은 자신의 한심한 고백을 전혀 기억하지 못할 터였다. 나프나프는 가브리엘의 손을 잡고 다시 산책하기 시작했다. 지나가는 사람들이 연인이라고 여길 거라는 생각에 왠지 뿌듯했다. 지금까지는 그녀의 눈을 오랫동안 들여다볼 용기를 감히 내지 못했다. 하지만 에메랄드빛의 녹색 눈은 죽은 산호처럼 생기가 없었다.

가브리엘의 초점 잃은 눈은 그를 보는 게 아니었다. 그래도 나우펠은 시선을 돌린 채 여전히 그녀의 손을 잡고 걸었다. 그녀의 손은 맥이 빠져 무기력했고, 깊은 대화는 사라졌다.

나우펠은 상점 창문에 비친 그들의 모습을 눈으로 쫓으며 만일 스프레이를 뿌리지 않았더라면 가브리엘이 어떤 반응을 보였을지 상상해보았다. 어쩌면 자신의 어리석은 말을 듣고도 그 순수함에 감동하여 지금쯤 키스를 하고 있었을지도 모른다. 그는 거절당하기보다는 차라리 그녀를 잃는 게 낫다고 생각했다. 그런 모순이 갑자기 씁쓸하게 느껴졌다. 나우펠은 상황을 바로잡을 방법을 고심했다. 스프레이에 소급 효과가 있다고 해도 가브리엘이 자신과 약속을 했다는 사실을 기억하지 못하게 할 수는 없었다. 가장 그럴듯한 방법은 가브리엘의 집에 가서 깔때기로 보드카 한 병을 들이붓게 한 후 같이 취했다고 믿게 만드는 것이었다. 그 시나리오는 생각하는 것만으로도 한심했지만, 그보다도 실행에 옮기기에는 더없이 비열했다. 할리퀸 로맨스 소설에서 말하듯 '그녀의 몸을 가질' 기회를 잡는 편이 나을 수도 있었다.

나우펠은 마르티르 거리 위쪽에서 예쁜 좀비의 손을 놓고 그녀의 핸드백을 뒤졌다. 그 안의 봉투에 적힌 주소를 확인한 그는 그녀의 집이 그곳에서 아주 가까운 도르셀 거리에 있다는 것을 알았다. 건물 앞에 이르렀을 때, 나프나프는 그녀의 입술에 키스하고 싶은 유혹을 뿌리칠 수 없었다. 거만한 혀로 이의 장벽을 여는 것보다 쉬운 일은 없었지만, 갑자기 피곤함이 몰려왔다. 그는 한발 물러서서 가볍게 입맞춤하는 것으로 만족했다. 미소 짓는 그녀의 입술에 키스하길 꿈꿨던 그는 그녀에게 웃으라고 명령했다. 하지만 가브리엘의 얼굴은 여전히 무표정했다. 나우펠은 그녀를 눕혀 다리를 벌리게 하거나 은행 계좌의 잔액을 전부 넘기게 할 수는 있어도, 미소 짓게는 할 수 없었다. 그는 가브리엘의 손에 집 열쇠를 쥐여주며 집에 들어가서 잠자리에 들기 전에 목욕하라고 명령했다. 가브리엘이 현관문으로 들어가 사라졌다.

나우펠은 모든 걸 잃었다. 그의 운명은 보잉기의 제트 엔진 속에 던져져 죽음을 맞은 닭의 운명만큼이나 미래가 없어 보였다. 그는 압데라우프가 자기의 더러운 운명을 끝장내주리라 생각하고 공공연히 자신을 드러내며 동네를 이곳저곳 돌아다녔다.

그의 집 문은 여전히 부서진 채여서, 라우프가 그를 죽이러 오는데 힘들 게 없었다. 라우프가 찾아오기를 기다리는 동안, 나프나프는 큰 고통 없이 죽음을 맞기 위해 한 손에 스프레이를 들고 스스로 마취할 준비를 하며 슬픔에 잠긴 채 침대에 누워 있었다.

하지만 첫 번째 침입자는 똑똑 황제 1세였다. 그는 나우펠이 어디를 다녀왔는지 알고 싶어 했다. "지하철 종착역이요." 그는 나우펠의 퉁명스러운 대답에도 아랑곳하지 않고 15분 후에 동결 건조 수프를 들고 다시 들렀다. 세 번째로 찾아왔을 때, 나프나프는 그를 집에 돌려보낼 작정으로 스프레이를 뿌리려 했다. 그때 그가 나우펠의 사촌이 체포되었다는 소식을 전해주었다.

며칠 동안 심하게 마음 아파하며 괴로워하던 나우펠은 스컹크, 하이에나, 자칼의 절망감을 통째로 맛보게 해주던 은신처를 떠났다. 그의 절망은 상상을 초월했다. 그는 나시옹 역까지 걸어갔고, 그곳에서 마취제를 다량 흡입한 후 운명에 굴복했다.

그녀가 돌아오지 않을 수도 있다는 갑작스러운 불안감에 휩싸여 하루 종일 그녀만 기다린다. 나는 층계참을 빙글빙글 돌며 그곳에서 한 발짝도 떨어지지 않는다. 밤이 깊어질수록 실망과 그리움은 더욱 커진다.

새벽 2시가 되었을 때, 마침내 나의 정복자가 집으로 돌아와 신발을 벗는다. 안도감에 몸이 떨린다. 그녀가 거실의 안락의자에 몸을 웅크리고 앉는다. 마지막 담배를 태울 시간인데, 왠지 분위기가 평상시와 다른 것 같다. 다른 날처럼 무기력하지도 않고 오히려 약간의 열기를 띠고 있다. 어쩌면 살짝 취한 걸 수도 있다. 잠자리에 들기 전에 그녀는 다시 주방 선반을 살피고 침대 밑을 들여다본다. 책을 읽으려는 것도 아닌데 불은 켜둔 채 사방을 둘러본다. 그녀는 새벽빛이 커튼을 뚫고 나타날 때까지도 잠들지 않고 깨어 있다. 억누르듯 짧게 내뱉는 호흡 속에 기대와 두려움이 뒤섞여 있다는 게 느껴진다. 드디어 때가 되었다!

나는 그녀의 속옷이 들어 있는 라탄 서랍에서 나온다. 소리를 내지 않고도 할 수 있지만, 침대 밑으로 뛰어들기 전에 일부러 삐걱거리는 소리를 더 길게 낸다. 내 약혼녀가 벌떡 일어나 방 안을 훑어본다. 몇 분 동안 지켜보던 그녀는 몹시 긴장한 표정으로 베개에 기대어 다시 몸을 누인다. 나는 숨소리가 가라앉기를 기다렸다가 조심스럽게 침대 위로 올라간다. 그러고는 다리를 건드리지 않으려 조심하면서 아주 천천히 다리 위쪽으로 향해 간다. 억눌려 있던 젊은 여성이 내 존재를 감지하고 몸이 굳는다. 나는 그녀의 무릎에서 움직임을 멈추고 조용히 기다린다. 그녀는 숨을 쉬는 것조차 잊어버린다. 그러고는 접촉을 두려워하면서도 내 쪽으로 다리를 살짝 움직인다. 나는 그 거리만큼 뒤로 물러나되 자석처럼 그녀에게 이끌리는 범위에 머물러 있다. 살을 만지는 위험을 감수하기 전에 잠시 멈춰 있는 중이다. 그녀의 온몸이 떨리고 있다. 심장이 제멋대로 날뛰는데도 그녀는 움직이지 않는다. 또다시 영원과도 같은 짧은 시간이 흐르고 난 후 그녀의 다리가 다시 앞으로 나와 자신을 두렵게 만드는 접촉의 정체를 찾는다. 나는 몸을 일으키고 그녀의 무릎을 불시에 감싸 쥔다. 그러고는 더 이상 꼼짝하지 않는다. 지금이야말로 결정적인 순간이다. 그녀는 나를 곧바로 거부하거나 서서히 내게 굴복할 수도 있다. 발목부터 목덜미까지 온몸을 떨면서도 그녀는 어떤 행동도 하지 않는다. 마침내 내가 그녀를 손아귀에 넣었다! 그녀는 말도 안 되는 일을 받아들인 셈이다. 내 손가락이 겁에 질린 그녀의 몸을 보듬는다. 그녀를 달래고 키스하고 불을 지핀다. 최면에 걸린 것 같은 상태가 이전보다 더 길고 강렬하게 시작된다. 손가락 끝에서 이어지는 선율을 파악한 나는 이제 주제를 변주하고 즉흥곡을 연주하고 코러스가 노래하게 할 수 있다. 배꼽 부근에 나를 가두기 위해 다리가 팔처럼 나를 감싼다. 이번에는 도망치지 않는다. 조이는 힘이 느슨해져도 다른 곳으로 피하지 않는다. 내 연인은 현실과 직면하는 일을 뒤로 미룬 채 한숨을 내쉬고 잠이 든다. 나는 손끝으로 일생일대의 키스를 하듯 가운뎃손가락을 관능적으로 뻗어 벌어진 입술을 따라 그린다. 그리고 잠든 약혼녀의 깊고 규칙적인 호흡에 흔들리고 수액에 취해 서서히 무감각해진다. 내가 다시 육체와 연결되었다!

연인이 깨어나려고 한다. 나는 그녀의 음부에 있음을 상기시키려 부드럽고 느리게 움직인다. 그녀의 감각이 의식보다 먼저 깨어난다. 내 존재를 드러내는 데 이보다 좋은 방법은 있을 수 없다. 마음이 고요해진 그녀는 거부의 몸짓을 하거나 나를 터부시하지 않고 내 애무에 완전히 몸을 맡긴다. 아다지오부터 알레그로 몰토 비바체에 이르기까지 내 손가락은 그녀 몸의 관능적인 파동을 조율하며 연주한다. 그런데 이번에 연인은 다리를 오므리는 대신 두 손을 내게 얹고 쾌락의 떨림이 가라앉을 때까지 나를 붙잡는다. 그러고는 자리에서 일어나 나를 샅샅이 살펴본다. 나를 뒤집고 손가락 관절을 구부려본다. 거부감이 들 법도 한데 그런 느낌은 전해지지 않는다. 단지 의아해할 뿐이다. 나는 긴장을 풀고 그녀가 하는 대로 내버려둔다. 여주인은 잠시 나를 뺨에 대고 얼굴을 비비고는 시트 위에 나를 내려놓고 욕실로 들어간다. 나는 침대에서 조용히 기다린다. 그녀는 내 옆에 옷을 놔두러 다시 돌아왔다가 옷을 갈아입는다. 그러고는 나를 들어 올려 내 손등에 부드럽게 입술을 대고 나를 뒤집어 손바닥에도 입을 맞춘 후 베개 위에 내려놓는다. 이윽고 집을 나선다.

나는 오랫동안 가만히 누워 그녀의 입술이 내게 닿았을 때의 청량한 기억을 음미한다. 그런 후 힘들여 침대를 정리하고 세면대에서 거품 목욕을 하고 이 집의 여신에게 열렬한 경의를 표하며 젬베 위에서 오후 나절을 보낸다.

그녀가 돌아왔을 때 나는 서둘러 문 앞으로 달려가 그녀를 맞이한다. 그녀가 나를 들어 올려 뺨에 갖다 댄다. 나는 이마와 관자놀이와 헤어라인을 어루만진다. 그녀는 내게 입맞춤하고 나를 목에 댄다. 내가 그녀의 목을 부드럽게 어루만지다가 피부 위를 활강하여 블라우스 틈새로 슬며시 미끄러져 내려가도 저항하지 않는다. 블라우스 단추를 풀기 시작하자 그녀는 내가 더 쉽게 움직일 수 있게 거실 소파에 몸을 펴고 눕는다. 그녀는 안심한 만큼이나 애무받기를 원하고 있다. 그러면서 내가 청바지 단추를 풀지 않고도 슬쩍 들어갈 수 있도록 배를 홀쭉하게 한다. 아주 마음에 든다.

날이 갈수록 우리의 유대감은 더 끈끈해진다. 내 손가락은 그녀의 피부에서 작디작은 욕망의 불꽃을 포착하여, 단단해지거나 도도하게 만들고 생기 넘치게 하며 가볍게 날아오르게 하는 법을 알고 있다. 매일 밤 나는 그녀의 가슴이나 어깨 혹은 엉덩이를 끌어안고 잠이 든다. 그녀가 뒤척일 때면 날개뼈 사이에 몸을 웅크리거나 엉덩이 한쪽에 눕는다. 종종 두피부터 발바닥까지 마사지하고 욕실에 함께 가서 샴푸를 도와주거나 손이 닿지 않는 등을 비누로 닦아준다.

여주인도 나를 애지중지하며 정성껏 돌본다. 손톱에 매니큐어를 칠해줄 때도 있다. 그녀가 책을 읽을 때면 목덜미에서 휴식을 취한다. 혹은 책 앞에 있다가 페이지를 넘겨줄 때도 있다. 잘 안 열리는 뚜껑이나 마개를 열어주는 것도 내가 좋아하는 일이다. 브래지어 고리를 풀거나 잠그기도 한다. 지퍼가 제대로 닫히지 않거나 단추가 잘못 채워졌을 때도 그녀는 내게 맡긴다.

그녀가 외출하면 나는 젬베를 치고 퍼즐을 맞추며 무료함을 달래지만, 시간이 너무 오래 지나면 불안한 마음으로 빙글빙글 돌기 시작한다. 서로를 의지할수록 떨어져 있는 시간은 지루한 유배 생활로 바뀐다.

여주인은 외출할 때마다 나를 데리고 다니기로 결심하고, 다른 사람들 몰래 언제든 내 손을 잡을 수 있게 레인코트 주머니에 넣어 다닌다. 때로는 핸드백에 넣기도 한다. 어느 날, 그녀가 사람들 틈에서 핸드백을 다리 사이에 놓고 점심을 먹고 있을 때, 나는 은신처를 나와 발목을 타고 올라가 치마 밑으로 들어간다. 내 공범은 다리를 살짝 벌린 채 의자 끝에 걸터앉아 나의 놀이에 동조한다. 과일 샐러드를 먹다가 갑자기 희열을 느끼는 그녀의 모습은 놀랍기만 하다. 그날부터 스타일에 변화가 생기면서 그녀의 옷장도 서서히 바뀐다. 이제 그녀는 내가 주위의 눈을 피해 자기 몸을 자유롭게 오갈 수 있게끔 헐렁하고 부드러운 옷만 산다.

어느 날, 서류를 정리하는 여자 친구 옆에 있다가 서랍 속에 있던 가죽 장갑을 발견한다. 부들부들한 장갑을 만지자 갑자기 감정이 휘몰아친다. 마치 내 허물 같다. 어쩌면 고급 가죽 장인이 가죽을 벗기고 무두질한 내 동생일지도 모른다. 문득 낭만적이고 열정적인 유대감 때문에 내가 이전에 속했던 존재를 까맣게 잊었다는 사실을 깨닫는다. 심지어 나는 그를 다시 만나지 못할 거라며 체념

하고 있다. 그녀와 함께라면 실현 못 한 야망으로 실망하거나 괴로워하지 않을 수 있다. 그녀를 행복하게 하는 것이 내 행복이 되어 나는 현재 그 이상을 만끽하고 있다. 다시 말하면, 그에게 주고 싶었으나 그가 받아들이지 못했던 것을 나 스스로 성취해내는 사치를 누린 것이다. 여기서 나는 지나친 자부심에 또 한 번 놀란다. 당장 내일이라도 연인이 내게 싫증을 낸다면 나는 어떻게 될까? 내 여주인과 나 사이에는 서로 일치하는 조직이 없으나, 본래의 몸과 나는 동일한 살로 만들어졌다. 언젠가 내 약혼녀가 그녀의 발치에 무릎을 꿇고 청혼하는 남자를 만나면 그녀는 별다른 고민 없이 우리의 인연을 끊을 것이다. 그때가 되면 나 역시 그녀와 떨어지게 될 테지만, 몸이 아닌 감정에서 분리될 뿐이다. 나는 오로지 한 사람에게만 속해 있고 무엇도 그 사실을 바꿀 수 없다. 비록 그가 삶의 모든 부분에서 서투르다고 해도 내가 행복하게 해줘야 할 사람은 바로 내 전 주인이다.

결심은 섰다. 마음이 무거워진 나는 여전히 서류를 정리하는 데 한창인 여주인과 합류한다. 의자 등받이로 올라가 그녀의 어깨에 부드럽게 기대앉는다. 그녀가 잠시 고개를 기울여 뺨으로 나를 어루만진다. 내게도 울 수 있는 눈이 있으면 좋겠다. 갑자기 초인종이 울린다. 그녀가 놀라서 일어난다. 나는 그녀의 셔츠 아래로 기어들어가 브래지어 끈 뒤의 날개뼈 사이에 숨는다. 문이 열린다.

갑자기 내가 사랑하는 이의 심장이 젬베를 두드리기 시작한다. 삶은 여기, 손만 뻗으면 닿을 수 있는 곳에 있다.

열 시간 후, 의식을 되찾은 나우펠은 어느 건물의 출입구 앞 길바닥에 앉아 있었다. 신분증과 돈과 스프레이 병이 든 재킷은 사라졌다. 온몸이 굳어 있었고 머리가 깨질 듯했다. 그는 몸을 일으켜 몇 걸음 내디뎠다. 길모퉁이에서 무의식적으로 고개를 들어 거리 표지판을 보았다. 도르셀 거리. 그는 자신이 가브리엘이 사는 건물의 바로 맞은편에 앉아 있었던 게 맞는지 확인하려고 뒤로 돌아 다시 몇 걸음을 뗐다. 분명 그곳이었다.

나우펠은 더는 아무것도 재지 않고 건물로 올라가 젊은 여자의 집 문을 두드렸다. 발소리와 함께 자물쇠가 딸깍거리는 소리가 났고, 다음 순간 가브리엘이 조용히 그를 바라보았다. 그녀의 에메랄드빛 눈동자에는 생기가 가득했고, 알 수 없는 다정함으로 빛나고 있었다. 나우펠이 자신의 죄를 고백하려고 입을 열었을 때, 가브리엘이 천천히 그의 얼굴로 다가왔다. 두 사람의 입술이 맞닿았을 때 나우펠의 팔이 가브리엘의 등을 감쌌다. 그리고 모든 게 잠잠해졌다. 그의 손들이 티셔츠 아래로 미끄러졌다. 그렇다. 정확히 그의 두 손이었다. 나우펠은 마치 다시 두 손을 갖게 된 것처럼 비단결 같은 그녀의 피부를 보듬었다. 부모, 순수함, 오른손. 삶이 그에게서 앗아간 것들이 신비롭게도 순식간에 전부 돌아왔다. 그가 해야 할 일은 녹색 눈을 가진 젊은 여성을 팔로 감싸 안는 것뿐이었다.

(해피) 핸드

THE (happy) HAND

옮긴이의 글

오른손의 기상천외한 모험담

이야기의 힘이란 무엇일까? 개인적으로 가장 중요하다고 생각하는 건 몰입감이다. 몰입할 수 있는 이야기에는 참신한 설정과 구성, 등장인물에 대한 공감, 궁금증과 흥미 유발, 감동, 설렘, 놀라움, 생각거리 등이 포함되어 있다. 이런 요소들이 깊게 와닿을 때, 오히려 우리의 감상평은 단순해진다. "재미있다" 혹은 "좋다"처럼. 이런 말 한마디에 모든 감상이 응축된다. 그러니 이외에 무엇을 덧붙일 수 있을까? '엄청'이나 '진짜' 같은 수식어? 작가라면 "정말 재미있게 읽었어요!"라는 말을 최고의 찬사로 여길 것이다. 물론 길디긴평을 원하는 사람들도 있겠지만.

아무튼 내가 《내 몸이 사라졌다》를 읽고 제일 먼저 떠오른 생각은 "오, 재미있는데!"였다. 하지만 이런 짧은 말로는 아직 이야기를 접하지 않은 이들을 설득할 수 없을 것이다. 하다못해 온라인 상품평도 구구절절 그 상품의 장단점을 늘어놓아야 예비 구매자들에게 도움이 될 테니 말이다.

사실, 역자 후기를 써달라는 요청을 받을 때마다 퍽 난감한 심정이 되곤 한다. 때로는 수수께끼 같은 저자의 의중을 헤아리고, 그 나라 문화나 관습적인 표현을 제대로 파악하기 위해 수없이 검색하고, 적절한 한국어를 떠올리기 위해 고민하는 작업을 거쳐 번역을 마치고 나면 어느새 이야기 자체에 대한 호불호는 사라지고 지엽적인 단어나 문장만 머릿속에서 뱅글뱅글 돌 뿐이니까. 그래도 조금 시간이 지난 후 번역 원고를 들여다보면 무언가 완성된 퍼즐이 눈앞에 나타난 듯한 느낌이 든다. 여전히 여기저기 어색하고 부족한 부분들만 눈에 띄어서 저자의 원작을 훼손하지는 않았을지 걱정이 되긴 하지만……. 그럼에도 국내의 첫 독자라는 특권을 누리는 번역자의 감상이 독자들에게 조금이라도 도움이 된다면 마다할 이유는 없을 것이다. 그런 핑계로 옮긴이의 글이라는 무척이나 추상적인 숙제를 두서없이 끄적여보고자 한다.

《내 몸이 사라졌다》는 책보다 애니메이션으로 먼저 접했다. 여러 상을 받은 이 장편 애니메이션은 프랑스 특유의 서정과 애수, 감성, 철학, 예술적인 터치로 가득하다. 원작자인 기욤 로랑이 직접 각색에 참여한 애니메이션은 독특하면서도 신선했고, 결말은 잔잔한 여운이 남았다. 그러나 애니메이션은 원작인 소설을 살짝만 바꾸어서 각색하진 않았다.

두 장르의 주제나 설정은 비슷하지만, 분위기나 세부적인 이야기는 마치 손과 발처럼 사뭇 다르다. 그러니 책과 애니메이션을 비교하면서 본다면 꽤 즐겁고 색다른 경험이 될 것이다.

주인공은 모로코 출신 이민자인 나우펠인데, 이야기가 진행되면서 나우펠의 오른손이 또 다른 주인공으로 등장한다. 프랑스 고전문학 교수 부부를 부모로 둔 나우펠은 어릴 때부터 부모의 영향으로 프랑스어를 접했고, 언어와 책을 사랑하는 아이로 자랐다. 그러나 프랑스로 이주한 후 불운은 스토커처럼 나우펠을 따라다닌다. 그는 어린 나이에 교통사고로 부모를 잃고, 삼촌네서 더부살이한다. 학교에서는 프랑스 아이들조차 모르는 단어 실력을 뽐내다가 왕따 신세가 되고, 한눈에 반한 사촌 셰에라자드는 나우펠을 대놓고 경멸하며, 불량배의 대장인 또 다른 사촌 압데라우프는 나우펠을 쥐고 흔든다.

나우펠은 부모의 죽음 이후 성장이 멈춰 왜소하다. 그렇게 청년이 된 나우펠은 고독하고 소심하며 공상 속에서 살아간다. 어린 시절에 잠깐이나마 꿈꾸었던 화려한 직업들은 어느새 먼 옛날의 언어유희로만 남았고, 현실은 고달프다. 하루하루 단조롭고 무기력한 삶을 살아가는 그에게 가장 큰 위협은 사촌인 압데라우프다. 사촌의 범죄를 고발하고 증언한 탓에 가슴 졸이며 살던 그는 어느 날 일하던 목공소에서 오른손을 절단당하는 사고를 겪는다. 첫사랑도 실패하고 되는 일도 하나 없는 그에게 희망이란 게 있긴 할까?

이야기 중반부터 나오는 나우펠의 절단된 오른손은 병원의 해부실 냉장고에서 깨어난다. 흡사 〈아담스 패밀리〉에 나오는 그로테스크하면서도 유능한 손처럼 나우펠의 오른손은 자아를 가지고 있으며 단독으로 결정하여 행동할 수 있다. 다만 에너지원인 몸이 사라졌기에 햇빛이나 다른 존재와의 접촉을 통해 에너지를 보충해야 한다. 의식을 가진 손이 할 수 있는 일은 무엇일까? 나우펠의 오른손은 자신이 주인과 한 몸이었던 시절을 기억한다. 만일 몸과 분리된 조직이 눈이었다면 눈은 시각을 통해 받아들인 것을 기억할 테고, 귀라면 청각으로 얻은 기억을 가지고 있었을 것이다. 손에는 촉각을 통해 축적된 기억이 있다. 나우펠의 유년기에 오른손은 그가 특별한 존재가 될 것이라며 온갖 희망을 품었으나 차츰 변변치 않은 주인의 실체를 깨닫고 그에 대한 모든 기대를 내려놓았다. 그러나 몸과 분리된 지금, 오른손은 깨닫는다. 그동안 얼마나 덧없는 인생을 바라며 살았는지, 미래가 아닌 현재의 순간순간이 얼마나 소중한지를. 그리고 주인을 찾아 떠나기로 결심한다.

오른손이 겪는 파란만장하고 기묘한 모험은 나우펠의 삶과 닮아 있다. 사람들의 눈을 피해 다녀야 하는 녹록하지 않은 여정 중에 오른손은 지붕의 홈통을 따라가다가 쥐의 공격을 받기도 하고, 추위에 떨기도 한다. 나우펠도 사촌의 위협에 몸을 피해 달아나기도 하고, 밤새 두려움에 떨며 뜬눈으로 지새운다. 그러나 둘은 공격해오는 대상에 맞서 용감하게 투쟁하며 조금씩 사랑이라는 꿈을 향해 나아가다가 어느 순간에는 자포자기하고 침잠하기도 한다. 때로는 깊은 생각에 빠져들어 삶을 관조하기도 한다. 마치 평행세계 속에서 다른 형태의 닮은 길을 가고 있는 듯하다.

나우펠과 오른손은 외로운 존재들이지만 그들에게는 알게 모르게 친절을 베푸는 이들이 있다. 마치 "너무 힘들면 다른 사람에게 좀 기대"라며 위로해주는 듯이. 나우펠에게는 선한 마음으로 친절을 베푸는 이웃들이 있고, 그가 한 일에 감사를 표하는 사람도 있다. 기력이 떨어진 오른손은 길고양이가 다가와 온기를 나눠주어 다시 기운을 차리기도 하고, 우연히 만난 아기나 개가 오른손의 동반자가 되어주기도 한다. 얼어붙은 마음에 스며드는 빛은 다시 일어설 힘을 주고 다시 심장을 뛰게 한다. 그리고 마침내 그 둘에게 마법처럼 사랑이 찾아온다. 나우펠과 오른손을 다시 이어주고 구원해줄 사랑이.

> "부모, 순수함, 오른손. 삶이 그에게서 앗아간 것들이 신비롭게도 순식간에 전부 돌아왔다. 그가 해야 할 일은 녹색 눈을 가진 젊은 여성을 팔로 감싸 안는 것뿐이었다." (163쪽)

잘린 손은 얼핏 보면 벌을 받아 빨간 구두를 신은 채 잘린 발목으로도 죽을 때까지 춤춰야 하는 안데르센의 《빨간 구두》를 연상시킨다. 비록 중간중간 기괴한 이야기가 나오기는 하지만 이 책은 잔혹

동화와는 거리가 멀다. 오히려 삶에 대한 사랑이 진하게 녹아 있으며, 사랑을 구원으로 삼는 희망에 찬 동화에 가깝다. 언어를 장난감처럼 가지고 노는 나우펠처럼 저자도 언어의 소리나 함의들을 이용해 독특하고 유쾌한 글을 만들어낸다. '해피 핸드(해피엔드)'의 결말을 가진, 마치 한 줄기 햇빛이 쓸쓸한 마음을 환하게 걷어내는 듯한 아름다운 작품이다.

내 오른손을 들여다본다. 손가락 마디의 굵은 주름들과 도드라진 다섯 개의 가는 뼈와 매끄럽게 움직이는 관절들. 자매인 왼손과 함께 키보드를 두드리며 번역이 끝날 때까지 열심히 일해준 오른손이 오늘따라 사랑스럽다. 다행히도 내 오른손은 나를 떠나지 않았고, 여전히 내 몸에 붙어서 온갖 일을 수행하고 있다. 아무렇지 않았던 일상이 참 감사한 일이라는 걸 이제야 깨닫는다.

오른손으로 책장을 넘기며 이 책을 즐길 독자 여러분도 늘 행복하시길.

> "인생의 초고에서 마지막 페이지가 넘어가면 눈처럼 하얀 페이지만 남을 터였다." (49쪽)

내 몸이 사라졌다

1판 1쇄 찍음 2024년 3월 7일
1판 1쇄 펴냄 2024년 3월 25일

지은이 기욤 로랑
옮긴이 김도연
펴낸이 안지미
편집 한홍
사진·CD Nyhavn

펴낸곳 (주)알마
출판등록 2006년 6월 22일 제2013-000266호
주소 04056 서울시 마포구 신촌로4길 5-13, 3층
전화 02.324.3800 판매 02.324.7863 편집
전송 02.324.1144

전자우편 alma@almabook.by-works.com
페이스북 /almabooks
트위터 @alma_books
인스타그램 @alma_books

ISBN 979-11-5992-397-5 03860

알마출판사는 다양한 장르간 협업을 통해 실험적이고 아름다운 책을 펴냅니다.
삶과 세계의 통로, 책book으로 구석구석nook을 잇겠습니다.